KB023455

캐서린의 속도

각자 자기만의 속도로
인생을 살아가는 거야

캐서린의 속도

전혜지 소설집

OTD

차
례

비만은 병희다   7

오늘의 운세   47

나비키스   81

수수료   107

캐서린의 속도   139

모두 다 사라진 것은 아닌 달   169

작가의 말   202

비만은 병희다

제목| 다이어트 결심!   글쓴이| 아가리어터2

덴마크 다이어트란?

밥이나 국수, 빵 같은 탄수화물을 전혀 먹지 않고 단백질과
지방은 마음껏 먹는 다이어트입니다. 탄수화물을 적게 먹
으면 혈당이 낮아지고 지방 분해가 촉진된다는 원리인데
요. 이 방법은 허기를 잘 느끼지 않으면서도 체중 감량 효
과가 크다고 합니다. (출처: 네이버 지식백과)

나, 내일부터 다이어트 시작할 거야. 실패할까봐 여기에 공
개적으로 선언하고 매일매일 기록하려고 해. 응원해 줘!

　　다이어트를 결심하게 된 건 사장 때문이었다.
사장이 3개월 이내에 살을 빼지 못하면 사직서를 내
라고 했다. 지난주 월요일 조회 시간에 나와 미화 언

니, 사무실의 미스 정까지 세 명을 콕 집어 말했다. 원래 농담을 잘하는 사람이라 이것도 농담이겠지 하면서도 속으로 기분 나빠하고 있었는데, 사장이 농담이 아니라고 말했다.

"여사님, 미스 정, 병희 씨. 다 내가 걱정돼서 이러는 거야. 건강하게 살아야지."

"저 건강해요, 사장님! 이거 다 살 같지만 근육이에요. 박스 옮기는 거 보면 아시잖아요."

미화 언니가 자기 팔뚝을 내보이며 말했다. 나는 그 모습이 더 부끄러웠고, 그렇다고 사장의 말에 납득을 한 건 아니었지만 아무 말도 못 하고 고개만 떨구고 있었다.

"그 몸으로 일할 수 있겠어?"

처음 면접 보러 왔을 때 사장이 내게 한 말이었다. '그 몸'이라면 임신한 줄 아는 거 같길래 아직 결혼하지 않았다고, 잘할 수 있다고 했다. 내 배가 조금 나온 편이라 종종 임산부로 오해를 사기도 해서 사장도 그런 줄 알았다.

"아니, 이 일은 빠릿빠릿해야 하는데 뚱뚱해서 말이야."

"저 100m 달리기 13초 나와요!"

"하긴 소방차도 정원관이가 춤을 제일 잘 춰."

제 말에 제가 터져서 껄껄대며 웃는 사장 앞에서 내가 못 알아듣고 멀뚱히 쳐다만 봤더니 사장이 덧붙였다.

"아, 어려서 잘 모르나? 덩치는 이따만 한데 춤은 기가 막히게 추는 가수야."

사장은 '이따만' 하다면서 내 몸을 본 삼아 허공에 몸뚱이를 그렸다. 나는 얼굴이 벌게진 채로 사장을 따라 웃었고, 다행히 일은 시작할 수 있었다. 플라스틱 용기를 찍어내는 공장에서 불량품을 걸러내고 개수를 맞춰 박스 포장해 나르는 일이었다. 당시 이력서를 내는 족족 떨어지던 중이라 면접 기회를 얻은 것만으로도 기뻐했다. 아무래도 '신장 162cm, 체중 76kg'에서부터 걸러지는 것 같았는데, 어쩐지 이 회사는 신체 사항에 대해 적는 칸이 없다 싶었다.

오후에 사장이 다시 현장에 찾아왔다.

"병희 씨."

"네?"

"비만은 병희래."

사장이 웬 종이를 펼쳐 보였다. 보건복지부 마크가 박힌 포스터였다. 뚱뚱하고 병든 사람이 혐오스럽게 그려진 포스터엔 '비만은 병이다!'라고 적혀 있었다. 사장은 그 표어를 손가락으로 하나씩 짚어가며 또박또박 다시 한번 말했다.

"비, 만, 은, 병, 이, 다. 비만은 병희다."

사장은 또 제 말에 제가 터져서 껄껄댔다.

"비만은 병희다! 병희는 비만이다! 알겠어? 나라가 나서서 병희 씨 건강을 걱정하고 있잖아. 3개월이라고."

우리는 건강하다고, 만약 뚱뚱하다는 이유로 일자리를 잃는다면 그건 부당해고라며 사장의 말을 무시하고 월요일과 화요일을 보냈다. 미화 언니는 아침마다 살 뺄 거냐고 물어왔다. 자기는 나이가 들어서 살이 잘 안 빠진다며 빼고 싶어도 뺄 수가 없다고 했다. 진짜 3개월 뒤에 살을 못 뺐다고 일을 관두라고 하면 어쩌냐고, 우리 셋 다 안 빼고 있어야 사장이 자르지 못할 거라고 빼지 말자고 했다. 꼭 미화 언니의 말 때문은 아니었지만, 나는 살을 뺄 생각이 없었는데, 미스 정도 점심때마다 꼬박꼬박 공단 식당에 나타나는 걸로 봐서 같은 생각인 것 같았다.

실은, 살을 안 빼고 싶은 게 아니라 살을 뺄 엄두가 안 났다. 25년 넘게 유지하던 몸무게가 지난 5년 동안 20kg 가까이 쪘다. 살이 찌기 시작하면서 처음으로 몸무게의 앞자리가 바뀌었을 땐 충격을 받긴 했지만, 하루 이틀 굶으면 수치가 돌아와 다시 또 먹기를 반복했다. 장난감 요요는 두 번째 오를 땐 전보다 덜 오르게 마련인데 몸무게에 있어서 요요는 꼭 전보다 더 오르게 된다. 그렇게 앞자리 수를 또 한 번 바꾸게 됐다.

나는 워낙 먹는 것을 좋아한다. 엄마가 내게 먹는 대로 살이 쪘다면 진즉에 굴러다녔을 거라고 했을 정도였다. 전혀 살찔 걱정하지 않고 무슨 음식이든 때에 상관없이 먹고 싶으면 먹었다. 패스트푸드점에서 마감 아르바이트를 시작한 동생이 야밤에 남은 햄버거를 챙겨올 때면 그것도 내 것이었으니까. 게다가 취업 준비 중에 스트레스 해소라는 핑계를 대고 평소보다 더 먹는 바람에 의식하지 못한 채로

1~2kg이 찌더니 어느 순간부터 하루가 다르게 살이 불어났다. 새 고무풍선에 힘껏 바람을 불어도 잘 커지지 않다가, 일단 한 번 늘어나면 살짝만 불어도 쭉쭉 커지는 것처럼 이제는 먹는 대로 살이 쪄서 굴러다니게 된 것이다. 살을 빼겠다면 1~2kg으로 될 것도 아니고 하루, 이틀로 될 것도 아니었기 때문에 지금 내 모습에 적응하는 게 더 편했다.

일주일을 버텼는데 사장은 우리 셋에게 건강검진을 받고 오라며 휴가까지 줬다. 직장인 건강검진이야 꼭 받아야 하긴 했지만 미루고 미뤘어도 내가 갈 일이었는데 사장이 손수 병원을 예약했다.

"결과를 보자고. 분명 건강에 이상이 있을 거야. 그리고 그건 살이 쪄서 그런 거고."

사장은 건강에 관해서는 유난을 떠는 사람이었다. 들리는 말에는 직원 중 하나가 감기만 걸려도 사장실 문을 걸어 잠그고, 결재 서류는 미스 정이 소독까지 해서 대신 맡는다고 했다. 아침, 점심, 저녁으로 알람을 맞춰두고 챙겨 먹는 영양제가 수십 개이고, 일회용품은 발암물질이 나온다며 철저하게 개인 식기를 사용했다. 운동은 말할 것도 없이 열심히 했는데 그렇다 보니 나이에 비해 신체조건이 좋긴 했다. 그건 그의 자부심이고 자신감이라 우리의 뚱뚱한 모습을 싫어하는 건 어쩌면 당연할지도 몰랐다.

사람들은 내 뚱뚱한 외모 때문에 당연히 운동을 싫어할 거라고 생각한다. 월, 수, 금은 새벽에 수영 강습을 받고 출근하는데, 대부분이 깜짝 놀란다. 운동도 하냐며 놀라고, 생각보다 부지런하다고 놀라고, 물에 뜨냐면서 놀랐다. 나는 어렸을 때부터 밖에서 뛰어노는 것을 좋아했다. 좋아하기만 한 것이 아니라 잘 하기도 했다. 100m를 13초에 뛴다고 했던 건 중학생 때인데 학교 대표로 육상대회에 나가기까지 했다. 그러니까 우리의 외모만 보고 운동과 건강을 운운하는 건 사장의 오해라는 것이다.

정말 건강검진 결과에 조금이라도 이상이 나온다면 꼼짝없이 살을 빼야만 했다. 최악은 실제로 '비만'이라고 적히는 것인데 우리는 안 그럴 수가 없었다. 요즘 시대에, 게다가 미화 언니라면 그 나이에 작은 병 하나 없을 리가 없는데, 거기에 '비만'까지 적혀 나온다면 빼도 박도 못하고 사장 말을 따라야 할 것이었다.

결과가 나오기까지 걸리는 3일 동안 얼마나 긴장했는지 모른다. 그렇다고 다른 제스처를 취한 건 아니었지만 주변에서 더 난리였다. 같은 조, 은화 언니는 ABC주스인지 뭔지를 가져와서 아침부터 우리에게 먹였다.

"이게 사과, 애쁠! 비트, 삐이-, 당근, 그 뭐야 씨, 캐롯! 이 세 개를 갈아 넣어서 ABC주스란 건데, 해독주스야. 몸의 독소를 빼줘서 다이어트에 도움이 된대. 특히 뱃살 빼는 데 더 좋다고."

은화 언니는 '뱃살'을 말하면서 내 뱃살을 잡아 흔들었다. 뻗어오는 언니의 손을 막을 틈도 없이 당연해 보이는 동작이었다.

"우리 집 아저씨가 이거 두 달 먹고 뱃살이 쏙 들어갔잖아. 한 잔씩 먹어. 내가 아침부터 너희 생각해서 만들어 온 거야. 오늘 먹어보고 직접 만들어봐. 재료도 간단하고 만들기도 쉽다?"

아직 결과가 안 나왔는데. 우리 살 뺀다고 안했는데. 공복에 하는 유산소 운동이 효과가 좋다는 둥, 하루에 만 보를 걸으라는 둥, 간헐적 단식이니

저탄고지 식단이니 각자 여기저기서 주워들은 다이어트 정보들을 틈만 나면 떠들어댔다. 나중엔 딱히 우리에게 하는 말도 아니었고 모두의 대화 주제가 그랬다.

유독 출근길이 힘들었다. 출근길이란 누구에게든지 힘든 법이지만, 나에겐 특히 더 힘들었다. 시간이 이르다거나 거리가 멀다는 문제가 아니라 늘 서서 가야 했기 때문이었다. 이용객이 많다는 문제도 아니었다. 지하철의 의자 한 칸은 내게 너무 좁아서 나도 불편하고 옆 사람들도 불편, 아니 불쾌해했다. 살이 찌기 시작하던 때엔 겨울과 같이 옷이 두꺼울 때나 조금 낀다고 느꼈는데, 이젠 어느 때고 부대끼게 됐다. 어깨를 한껏 움츠리고 허리를 꼿꼿이 세워도 옆 사람들은 내 들숨 날숨에 몸을 뒤척였다. 그래서 앉지 않는다. 그러니 안 그래도 힘든 출근길이 더 힘들 수밖에.

최대한 주변에 사람이 없는 공간을 찾아 서서 가게 되는데 대부분이 문 앞, 의자의 끄트머리 옆이었다. 기둥에 기대어, 하지만 무게를 싣지 않으려 노력하며 내릴 때까지 눈앞의 광고를 읽고 또 읽는다.

'지키자! 장애인 일터'

'차별받지 않고 일할 권리'

'장애인 인권 연대'

그때 상민 씨가 나타났다.

"안녕하세요, 병희 씨."

상민 씨가 원래 이 열차를 타고 다녔던가 생각하느라 인사할 타이밍을 놓쳤을 때, 상민 씨는 마치 내 생각을 읽은 것처럼 대답했다.

"원래는 30분 정도 일찍 타요. 어제 친구들이랑 술을 마셨더니 오늘 늦게 일어나는 바람에."

상민 씨는 소아마비 때문에 왼쪽 다리가 짧아서 걸음이 어려웠다. 그래서 회사에서도 주로 포장만 맡아 하고 있었다. 하지만 손놀림은 빨라서 할당량이 많은 편이었다.

"저기 자리 많은데 앉아 가세요."

무심코 내가 권한 자리는 장애인석이었다.

"저 걸음이 느릴 뿐이지 잘 서 있어요. 이참에 병희 씨랑 대화도 좀 해보고요. 회사에선 좀처럼 힘들잖아요."

"저랑요?"

"네. 병희 씨, 저는 역사 선생님이 되고 싶었어요. 고등학교 때 역사 선생님은 교과서대로 수업하기보다 야사를 들려주는 일이 더 많았어요. 얼마나 재밌던지 TV 볼 때보다 더 신나게 웃었거든요? 그런데 신기하게 시험 성적도 잘 나왔어요."

대체 나한테 왜 이런 이야기를 하는 걸까 생각하느라 반응을 못 하고 있는데, 이번에도 상민 씨는 마치 내 생각을 읽은 것 같은 얼굴로 말을 이어갔다.

"역사 선생님이 꼭 저 같았거든요. 그러니까 소아마비요. 선생님도 왼쪽 다리를 못 쓰셨어요. 그래서 그런지 선생님이 저만 두고 해주신 말씀이, 선생님 당신은 그저 못 걷는 사람, 걸을 수 없어서 아무것도 못 하는 사람인 줄만 알았대요. 그런데 고등학교 때, 친구들보다 역사책을 많이 읽었다는 걸 알았고, 친구들이 시험문제를 물어올 때면 너무 쉽게 대답해 줄 수 있었다는 거예요. 그래서 선생님이 됐대요. 역사를 가르치는 데 왼쪽 다리는 필요 없다고, 걸음이 어려운 것 보다 가르치는 걸 훨씬 잘한다고 하시더라고요."

상민 씨는 말을 멈추고 내 표정을 살폈다.

"병희 씨. 우리가 하는 일, 포장하고 나르는 일. 제가 걸음을 못 걷고, 병희 씨가 살이 쪘다는 게 지장이 있나요?"

"아."

"병희 씨 일 잘한다고 반장 이모님도 좋아하시잖아요. 사장이 하는 말 신경 쓰지 마세요. 살을 빼든 말든 병희 씨 마음대로 하세요. 그랬으면 좋겠어요."

"그런데 상민 씨는 왜 선생님 안 하시고…"

"저는 가르치는 걸 못 하더라고요."

상민 씨의 말이 끝나면서 열차도 멈춰 섰다. 아줌마 한 분이 임산부 배려석 앞에서 눈치를 보다가 나를 보며 앉으라고 손짓했다. 무슨 의미인지 알고 당황해서 손사래 쳤지만, 기어코 나를 잡아당겨 앉혔다. 나만 빼고 다들 나를 임산부로 여길 테다. 하지만 가까이에 상민 씨가 있어서 고개를 들 수가 없었다. 역시 상민 씨는 내 생각을 읽었는지 얼른 장애인석으로 가 앉았다. 꼼짝하지 않고 어깨를 한껏 움츠리고 허리를 꼿꼿이 세워 끝까지 앉아 갔는데, 내릴 때까지 옆자리엔 아무도 앉지 않았다.

"병희 씨 먼저 가세요. 저랑 같이 가면 지각하

실 거예요."

자신의 느린 걸음 때문에 언제나 일찍 출근하
던 상민 씨였다. 이제야 미안한 마음이 들어 발걸음
이 무거웠지만, 나 혼자 제시간에 회사에 도착했다.
그런 나를 반긴 건 건강검진 결과였다.

'경계치 혈압(전고혈압)이므로 지속적인 혈압
측정과 함께 혈압 관리를 위한 생활 습관을 유지하
시기를 바랍니다.'

'신체 활동량이 부족합니다. 운동을 생활화하
십시오. 근력 운동량이 부족합니다. 운동을 생활화
하십시오.'

'건강 위험을 높이는 요인 중 중요한 위험 요인
은 비만입니다. 충분한 운동을 하면 뇌졸중, 심근경
색, 치매의 위험을 줄일 수 있습니다.'

'역류성식도염입니다. 가슴쓰림, 신물 역류의
증상이 있으시면 이에 대한 적절한 약물치료가 필

요합니다. 과식을 피하시고 소식으로 자주 드시며 식후 곧바로 눕거나 취침 전의 음식물 섭취는 피하십시오.'

'유방촬영 검사상 유방에 종괴가 의심되는 소견이 관찰됩니다. 이 소견에 대해서 유방촬영만으로는 검사가 불충분할 수 있습니다. 의료기관을 방문하시어 진료 상담 후 필요시 유방초음파 검사 등의 추가 검사를 받으실 것을 권합니다.'

우리 셋의 결과지에는 구구절절 많이도 적혀 있었다. 무엇보다 중요한 건,

'비만'

'복부비만'

아무렴 예상했지만 정말이었다. 다 알고 있었던 사실을 정갈하게 써놓은 종이로 받았을 뿐이었다. 이제야 건강이 안 좋아진 것도 아니었고, 이제야 비만이 된 것도 아니었다. 그러니까 바뀐 건 이 종이 한 장이 생긴 것뿐인데 왜 마음도 바뀌었는지 나는 비로소 다이어트를 결심하게 된 것이다. 아무래도

이 종이를 두고 주변에서 더 본격적인 수선을 떨게 될 것 같아서, 그 전에 선수 쳐서 다이어트를 결심하게 됐는지도 모른다. 깔끔하게 월요일부터 시작하자고 다짐했다.

제목| 덴마크 다이어트 1일 차　글쓴이| 아가리어터2

체중 변화 : -1kg

하루밖에 안 했지만, 아직까진 괜찮은 거 같아! 빵도 있고 계란도 있어서 할 만해. 내가 계란을 좋아하거든. 시작이 반이라고, 작심삼일 되지 않도록 응원해 줘!

　　작심삼일은커녕 이튿날 점심으로 실패했다. 회사 언니들은 어제까지만 해도 빼라고 요란이더니, 오늘은 또 왜 안 먹냐고 요란이었다.

　　이 직장의 장점이자 단점은 동료들이 죄다 아줌마라는 것이다. 먹을 것을 잘도 챙겨왔다. 이 아줌마들은 휴식 시간이면 싸 온 것들을 나눠 먹었다. 오전 휴식 시간에 빵과 과일을 나눠 먹고도 점심에 쌀밥은 또 먹어줘야 했다. 이 아줌마들은 끼니를 거르는 꼴을 못 봤고, 빵은 빵이고 밥은 밥이었다. 물론 이전의 나라면 언니들이 무얼 언제 주든 받아먹었겠지만, 지금은 다이어트를 결심했기 때문에 그럴 수 없었다.

식단관리를 하기 위해 도시락을 싸 왔다고 언니들끼리 다녀오라고 했지만 내 도시락을 본 언니들은 그걸로 기운이 나겠느냐고, 밥은 먹어야 한다고, 군것질만 안 하면 된다며 오늘 메뉴는 소갈비탕이라고 했다.

"소는 살 안 쪄. 단백질이잖아."

"그 풀때기만 먹고 나중에 배고파서 또 잔뜩 처먹지 말고 같이 가."

정해진 식단이 있어서 지켜야 한다고 말했지만, 고작 하루 해놓고 뭐 그렇게 고집스럽냐며, 공단 식당에 소갈비탕 나오는 날은 흔하지 않으니 오늘만큼은 먹어줘야 한다고도 했다. 나도 소갈비탕이 더 먹고 싶어서 도시락 뚜껑을 만지작거리며 엉덩이를 들썩이고 있었다. 제일 무서운 반장 언니가 내 손에서 뚜껑을 낚아채 닫아버리고 손을 잡아 일으켰다. 반장 언니는 몸집이 작으니 일으켰다기보다 그 김에 내가 일어났다는 것이 더 맞을지도 모른다.

"우리 내일부터 진짜 하자."

식당에 들어서면서 미화 언니가 속삭였다. 아무렴 소갈비탕은 맛있었다. 식사를 마치자마자 커뮤니티에 올린 다이어트 1일 차를 기록한 글을 찾았다. 좋은 건지 나쁜 건지 조회수가 11뿐이라 얼른 비공개로 바꿔버렸다. 내일부터 다시 시작해야지. 내일이 1일 차인 것처럼 다시 글을 올려야지. 갈비탕을 먹을 땐 잘 먹고 있으면서도 마음이 불편했는데 글을 지우고 나니 왠지 후련해졌다. 실패한 김에 오늘 저녁은 마지막 만찬으로 치킨을 시켜 먹어야겠다는 생각까지 했다.

제목| 덴마크 다이어트 1일 차   글쓴이| 아가리어터2

체중 변화 : -1kg
하루밖에 안 했지만 아직까진 괜찮은 거 같아! 빵도 있고 계란도 있어서 할 만해. 내가 계란을 좋아하거든. 시작이 반이라고, 작심삼일 되지 않도록 응원해 줘!

이제는 점심시간에 혼자 남아 도시락을 먹는 게 당연해졌다. 언니들도 처음엔 농담 반 진담 반으로 식당에 가자고 꼬셨지만, 이틀이 되고 사흘이 되니 조용해졌다. 미화 언니는 점심은 꼭 먹어야겠다며, 안 먹으면 오후 근무가 너무 힘들다고 했다. 그렇다고 집에 가서 저녁을 안 먹는지는 알 수 없었지만, 아침마다 어제보다 홀쭉해지지 않았느냐고 물어왔다. 나는 잘 모르겠는데 다른 언니들은 그러게 요즘 안색이 안 좋다고 맞장구를 쳐줬다.

아무래도 힘들었다. 먹고 싶은 것을 못 먹는 것도 힘들었고, 먹고 싶지 않은 것을 먹어야 하는 것도 힘들었다. 풀때기들을 우걱우걱 먹어 치우고, 그야말로 먹어 치우고 나서 도시락 뚜껑을 닫으면 배가 다시 고파왔다. 꼬르륵 소리를 숨기려고 물로 배를 채우다가 헛구역질하기도 했다.

그런데도 멈추지 않은 건 회사에서 잘리기 싫어서가 아니라 정말 줄어드는 몸무게 때문이었다. 아침마다 눈곱도 떼기 전에 체중계에 올랐다. 200g, 300g 차근차근 빠지더니 식단을 시작한 후로 3일 만에 2.7kg이 줄어있었다. 밤마다 배고파서 잠이 안 와도 숨 쉴 때마다 꼬르륵 소리가 들리는 게 좋았다. 이렇게 자고 일어나면 또 살이 빠져 있을 거란 생각에.

주말이라 늦잠을 잤더니 아침 먹을 시간을 놓쳐버렸다. 그래봐야 챙겨야 할 아침 식단은 삶은 달걀 1개와 자몽 1개라 그냥 넘겨버리고 점심을 먹기로 했다. 야채 샐러드를 만들기 위해 큰 볼에 양상추를 찢어 넣고 파프리카를 썰어 넣었다. 파프리카는 색에 따라 효능이 다르다고 해서 노란색, 빨간색 섞어 넣었다. 그래도 조금 먹을 만하게 만들기 위해 방울토마토도 몇 개 넣었다. 토스트 한 장과 블랙커피를 준비하고 마지막으로 덴마크 다이어트의 핵심인 자몽을 놓았다. 부엌을 왔다갔다하면서 엄마가 끓여놓은 김치찌개를 흘끔거렸지만, 다시 마음가짐을 단단히 하고 식탁에 앉아 포크를 들었을 때였다.

"그렇게 잔뜩 먹어서 살이 빠지겠냐?"

이제 막 일어난 동생이 말했다.

"야, 이거 보기보다 안 많아. 풀이라 부피만 큰 거야. 그리고 풀이잖아, 많이 먹어도 칼로리 낮아서 괜찮아. 식이섬유라 똥도 잘 나오고."

"언니 그거 알아? 코끼리도 풀만 먹어."

나쁜 년, 울 뻔했다.

제목| 덴마크 다이어트 5일 차   글쓴이| 아가리어터2

체중 변화 : -3.3kg

워낙 뺄 게 많아서 그런 것 같기도 하지만, 정말 빠지니까 뿌듯해. 오늘 아침엔 엄마랑 등산을 다녀왔어. 어쩐지 내가 등산을 한다 싶더니 시작하자마자 구토했지, 뭐야? 산에서 풀 냄새를 맡았는데 그동안 먹은 샐러드들이 올라오잖아. 그래도 정신 차리고 정상 찍고 왔어. 파전에 막걸리는 고사 하고 산채 비빔밥이라도 먹고 싶었는데 꾹 참고 식단 지켰 다. 내일도 성공해 볼게!

이제 주변에 내가 날씬했던 때를 기억하는 사 람은 몇 명 남지 않았다. 태어나기도 전부터 다닌 교회 집사님들 정도나 기억하고, 주일마다 어서 살 을 빼고 시집가라며 옆구리를 찔러댔다. 하지만 새 로 만나는 사람들에게 나는 구태여 말하지 않는 한 그냥 살찐 여자였다.

"얘가 원래 날씬했거든요."

엄마는 등산길에 마주치는 모르는 사람들에게도 인사를 주고받는 사이에, 그 잠깐 사이에 불쑥 말했다.

"얘가 눈, 코, 입 다 얼마나 예쁘다고요. 살이 쪄서 그렇지."

"그러게 자세히 보니까 예쁜 얼굴이네."

"살만 빼면 된다니까요."

아줌마들은 어쩌면 이렇게 대화가 쉬운지, 엄마는 사람들에게 나의 살들을 변명하기 시작했다. '원래는 안 이랬어요, 요즘 취업난이 심하잖아요, 스트레스받아서 그래요, 마음만 먹으면 금방 뺄 거예요.' 이제 나는 내 나름 내 몸을 인정해 가고 있었는데 엄마가 변명할 때마다 다시 무너졌다. 나를 가장 사랑한다는 사람이 나를 가장 부정한다는 생각이 들었기 때문이다.

엄마는 나보다도 내가 살찐 것을 안타까워했다. 어느 날은 목욕탕에 갔다가 내 알몸을 지그시 바라보더니 울먹이기까지 했다.

"우리 병희 참 날씬하고 예뻤는데."

그리고 내 모든 문제의 원인을 살에서 찾았다. 늦잠을 자면 살쪄서 게을러졌다고, 머리가 아프면 살이 쪄서 아프다고, 체하면 많이 먹었기 때문이라고 살만, 살만 빼면 된다고 했다. 그 살을 뺀다고 작정하고 나섰으니, 엄마는 더할 나위 없이 기쁘다며 제대로 도와주겠다고 나를 등산길로 이끈 것이다.

마침내 정상에 오르자, 엄마는 기특하다며 나를 커다란 바위 위에 세워놓고 사진을 찍어줬다. 어쨌든 나도 뿌듯해서 몰골은 생각도 못 하고 브이를 그리며 웃었다. 운동을 한 후라 그런지, 엄마가 올려다보며 찍어서 그런지 사진 속 나는 날씬해 보였다. 오랜만에 마음에 드는 사진을 업로드할까 싶어서 SNS를 열었는데, 열자마자 '3년 전 오늘'이라며 수연이의 청첩장을 받던 날 사진이 떴다.

수연은 고등학교 때 몰려다니던 팸 중에 제일 먼저 시집을 가게 됐다. 그래서 오랜만에 예외 없이 모두 모인 날이었다. 고교 시절엔 그렇게 요란스럽게 어울렸는데 대학에 가면서, 졸업하면서, 취직하면서 우리는 소원해졌고 서로의 생일날 단톡방에

축하 인사와 기프티콘만 주고받을 뿐이었다. 그러던 우리가 족히 2년 만에 서로의 얼굴을 보는 날이었다. 모임에 나가기가 싫었다. 그동안 SNS에서 봐오던 친구들은 더 예뻐졌고, 더 그럴듯한 아가씨가 되어 있었다. 아니라도 기억과 똑같은 모습이었다. 그에 비해 나는 살이 많이 쪘기 때문에 변해버린 모습을 보이기 싫었다. 그렇다고 정말 안 나간 건 아니었고, 약속 장소에 나타난 나를 보고 친구들도 흠칫한 것 같았지만 크게 내색하진 않았었다.

문제는, 그랬던 '3년 전 오늘'보다 더 뚱뚱해진 '오늘'이었다. 결국 아무것도 업로드하지 않고 SNS를 꺼버렸다.

제목| 덴마크 다이어트 7일 차　글쓴이| 아가리어터2

체중 변화 : -3.9kg
드디어 일주일이 끝났어! 마지막으로 따뜻한 야채수프를 먹는데 어찌나 행복하던지. 목표치까지는 아직도 멀었지만 일주일 또 열심히 하면 성공할 수 있겠지? 성공 못 하면 나 회사 잘린단 말이야. 사장이 살 못 빼면 사직서 쓰라고

했거든. 사장 생각하니까 다시 의지가 불탄다! 또 후기 전할게.

　　오늘도 힘든 출근길을 보내고 회사 정문을 보자마자 퇴근하고 싶었다. 너무나도 무기력했다. 안 그래도 제대로 못 먹어서 기운이 없는데, 지난 주말에 등산까지 했더니 더 힘겨웠다. 몸도 힘들었지만 정신도 힘들었다. 짜증이 늘었고 화가 많아졌다. 그런 중에 사장을 마주쳤다.

　　"병희 씨 살 빼고 있는 거 맞아? 어째 변함이 없어? 회사 그만두고 싶은 거야? 미스 정 보니까 한약 지어 먹더라. 효과도 있는 거 같아. 조금씩 각선미가 드러나더라고. 병희 씨도 한약 먹어봐, 한약. 노력을 하라고!"

　　화가 났다.

　　"네에. 노력하고 있어요."

　　참을 수밖에. 시선을 피하려고 휴대폰을 꺼내 들고 사장을 지나쳤다. 다이어트 후기를 쓰고 있는 커뮤니티 어플에 알람 표시가 떠있었다. 댓글이 달렸다는 알람이었다.

'바디포지티브' 님이 댓글을 달았습니다.

첫 댓글이었다!

살을 못 빼면 자른다고요? 제정신이에요?

잠시 후 알림이 또 울렸다. 이번엔 쪽지였다.

보낸 이|| 바디포지티브
안녕하세요. 님의 다이어트 후기 글을 보고 쪽지 드려요.
살을 빼는 이유가 회사 때문이라고요? 진심이에요? 살이
찌면 할 수 없는 일이에요? 이건 부당해고예요!

부당해고라는 걸 우리가 몰라서 이러나. 밥줄
이 달렸는데 어쩔 도리가 없을 뿐이지, 부당함을 몰
라서 이러는 게 아니란 말이다. 그렇다고 살을 빼는
게 나쁜 것도 아니고 결과적으로 몸도 좋아지고 일
도 계속할 수 있으니 참고 하는 것뿐이다.
　　점심시간에 바디포지티브의 프로필에서 블로
그를 알아냈다. 플러스 사이즈 모델이라고 소개된

그녀는 게시글도 많고 이웃도 많은 조금 유명한 사람이었다. 바디포지티브는 나처럼 뚱뚱했는데, 보기에 민망한 수영복 사진이며 몸에 딱 붙는 드레스를 입은 사진들을 전체 공개로 올리고 있었다. 그제야 이 여자의 아이디가 눈에 들어왔다. 바디포지티브, 몸, 긍정. 뚱뚱한 자기 몸이 좋다는 것이다. 어떻게 뚱뚱한 몸을 좋아할 수 있다는 건지, 벌써 이 사진들만 봐도 눈살이 찌푸려지는데.

살이 찐 후로 무슨 옷을 입어도 예쁘지 않았고, 예쁜 옷은 맞지 않았다. 점점 더 큰 옷, L사이즈의 남자 옷, 그리고 회색과 검은색 같은 나를 최대한 숨길 수 있는 옷들을 골랐다. 뚱뚱한 사람을 위한 예쁜 옷은 없었다. 없다고 생각했다. 하지만 이 여자가 입고 있었다. 크롭티에 배꼽을 드러내고 쇼트 팬츠를 입기도 하고, 오픈 숄더 블라우스에 스키니진을 입기도 했다. 처음엔 이런 옷이 맞을까 싶다가도 여러 개를 보다 보니 잘 어울린다는 생각이 들었다.

오후 업무 내내 심란했다. 지금 이 모습으로도 충분히 일을 잘하고 있는데 살을 빼야만 하는 이유가 뭘까. 건강 걱정이라면 해고할 이유는 아니지 않을까. 그리고 과연 나는 내 몸을 긍정할 수 있을까.

"언니, 우리 다이어트 관둘까?"

"왜? 힘들어? 그러다 잘리면 어쩌려고."

"설마 진짜 자르겠어?"

미화 언니는 대답 없이 울상이었다.

"언니는, 언니 몸이 싫어?"

"좋진 않은 거 같아. 뱃살이 이렇게 튀어나와서 밉잖아."

"뱃살 튀어나온 게 미운 거야? 뱃살 때문에 언니가 일을 못 하는 것도 아니고. 왜 언니가 그랬잖아. 다 근육이라고, 박스 잘 나른다고."

언니랑 나는 '맞다, 우리 일 잘한다, 치킨 먹고 싶다, 여기는 다 근육이다' 떠들며 서로의 뱃살과 팔뚝 살을 꼬집어 댔다.

그날 저녁, 바디포지티브에게 답장했다. 자초지종을 설명하고 사실은 살을 안 빼고 싶다고 너무 힘들다고 했다. 바디포지티브는 기다렸다는 듯이 답장을 해왔다. 몇 마디 인사를 나눈 후, 바디포지티브는 우리 몸을 긍정해야 하는 이유에 관해서 각종 기사와 참고 자료의 링크를 첨부하며 설명했다.

바디포지티브의 말에 따르면 지난 내 주변 사
람들이 무례한 것이었다. 무례한 사람들이 함부로
내 외모에 관해서 이야기했고, 함부로 외모를 미루
어 나를 판단했다. 오랜만에 만나 왜 이렇게 살이 쪘
냐는 감탄이나 이제 나를 알게 되었으면서도 건강
을 위해 운동하라는 충고도 모두 무례했던 것이다.

제 몸을 사랑한다기보다, 제 몸을 수용하고 해내는 법
을 찾은 거예요. 그런 저를 사랑하게 된 거죠. 저는 예
쁜 옷을 좋아하는데 세상은 뚱뚱한 몸으론 예쁜 옷을
입을 수 없다고만 했거든요.

예쁜 옷 중엔 제게 맞는 옷도 없어요.

그러니까요! 왜 제 몸을 옷에 맞춰야 하나 싶어진 거죠.

하지만 제 몸에 맞춘다 해도 뚱뚱해서 다 안 예쁜걸요.

병희 씨! 제가 좋아하는 옷을, 제 몸에 맞춰 입고, 제가
예뻐해 주면 됐던 거예요.

어느 옷들은 못 입겠지만 입을 옷이 없는 것도 아니고, 그 옷을 입은 내가 안 예쁘지도 않으며, 안 예쁘다 할지언정 안 행복하지도 않고, 그에 대한 불행보다 고무줄 바지 입고 먹는 치킨이 더 좋을 뿐이며, 내가 뚱뚱해서 시집을 못 간다면 단지 뚱뚱함으로 결혼 여부를 판단할 사람과 만날 일이 없을 것이다. 그러니까 내가 살이 찌든 안 찌든, 빼든 안 빼든, 이건 내가 여러 가치와 삶의 방식 중 선택한 하나이고 내 특질 중 하나이므로 남이 함부로 판단하고 언급할 수 있는 부분이 아닌 프라이버시였던 것이다.

바디포지티브는 우리의 이야기를 블로그에 올려도 되겠냐고 물어왔다. 공론화하고 싶다고 했다. 미화 언니는 괜찮아도 미스 정이 걸려서 조금 망설여졌다. 아무래도 사장과 가장 가까이에 있고, 한약까지 사서 먹는 노력을 하고 있다는데 과연 우리와 뜻을 함께할까 싶었던 것이다.

미스 정은 살을 빼고 싶다고 했다. 살을 못 뺐다고 정말 잘릴지 어떨지는 몰라도 이 기회에 날씬해져 보고 싶다고 했다. 자기는 평생 뚱뚱한 애였다고, 날씬했던 적이 없다고, 초등학생 때부터 뚱뚱하다는 이유로 체육대회마다 씨름 시합에 나가야 했던 그런 애였다고 했다. 하지만 생각보다 몸이 약해서 매번 졌는데 그러면 덩칫값도 못 한다는 소리를 들었다고, 이런 편견들이나 돼지라는 놀림이나 모두 기분 나빴지만, 다이어트를 해보기는 처음이라고 했다. 날씬해 본 적이 없으니 날씬해져야 할 생각을 해본 적도 없었다고 했다.

"내가 아는 나는 태어난 모습 그대로 뚱뚱하니까 변해야 한다는 생각 자체를 못했던 거죠."

"그런데 이번엔 왜 그래요? 우리 같이 하지 말아요! 같이 사장한테 따지자구요."

처음엔 미스 정도 사장 말을 무시했다. 무시하고 점심시간마다 꼬박꼬박 식당에 갔고, 오후 3시쯤 되면 초콜릿이며 젤리며 간식도 챙겨 먹었다. 그럴 때마다 사장은 어김없이 핀잔을 주었다.

"미스 정 또 먹어? 그러니까 살이 찌지."

건강검진 결과가 나온 후로는 사장의 간섭이 더 심해져서 미스 정은 몰래 먹기 시작했다. 그런 그녀가 다이어트를 결심하게 된 건 사무실 사람들끼리 한 회식 때문이었다. 사무실 사람들만 하는 회식임에도 사장은 미스 정에게 알리지 않았는데, 그게 미스 정을 돕는 일이라고 했다. 하지만 마침 식당에서 걸려온 예약 확인 전화를 미스 정이 받는 바람에 알아버렸다.

"진짜 따라갈 거야? 미스 정 한번 먹으면 또 잔뜩 먹잖아."

괘씸해서 따라간 회식 자리는 좌식으로 된 삼겹살집이었다. 양반다리로는 30분도 버티기 힘들었다. 고기를 굽고, 먹고, 술을 마시고, 이야기하다 보면 적어도 2시간은 걸릴 텐데 도저히 앉아 있을 자신이 없었다. 다들 신발을 벗고 자리를 잡아갈 때 미스 정은 신발장에서 머뭇거렸다. 그 모습을 본 사장이 말했다.

"왜? 어디서 먹어야 많이 먹을 수 있을까 고민하는 거야?"

"아니에요. 전 그냥 갈게요."

막내 지윤 씨가 기왕 왔으니까 맛있게 먹자고 미스 정의 손을 이끌었다.

"아니야. 나 바닥에 오래 앉아 있으면 힘들어서 그래."

작게 말한다고 말했지만, 모두 다 들어버린 사장은 '그러니까 살을 빼야 하는 거'라고, 어떻게 식당에 앉아서 밥도 못 먹을 만큼 살이 찔 수 있냐'고 고개까지 절레절레 흔들어 가며 소리쳤다.

그렇게 식당을 뛰쳐나온 미스 정은 포털 사이트에서 '다이어트', '단기 다이어트', '지방 흡입 수술'과 같은 다양한 연관 검색어들을 탐색하다가 '한방 다이어트'를 찾았고, 월급만큼 돈이 드는 다이어트 프로그램을 등록했다. 한의사가 체질에 맞게 약을 지어주고 침을 놔주고 몇 가지 운동 프로그램도 겸해서 성공률이 높다고 했다.

"정말 빠지더라고요. 그저껜 사장도 살 많이 빠졌다고 칭찬해 줬어요."

미스 정은 다이어트는 계속하겠지만, 사장에게 따질 수 있다면 같이 따지겠다고 했다. 필요한 부분은 도와주겠다고 했다.

바디포지티브는 우리의 이야기를 블로그에 올렸다. 이웃이 많은, 조금 유명한 바디포지티브 덕분에 인터넷 여기저기에 빠르게 퍼졌다. 우리를 응원한다는 많은 댓글이 달려 얼떨떨했다. 물론 개중엔 살이 찐 게 자랑이냐느니, 뚱뚱한 사람은 다 죽어야 한다느니, 보기만 해도 역겹다느니 하는 악플도 더러 있었다. 바디포지티브는 이 기세를 몰아 국민 청원에 올리자고 했다. 일이 생각보다 커지는 것 같았지만, 속도가 너무 빨라서 멈출 수가 없었다. 그리고 그 속도감은 기분이 좋기도 했다. 블로그보다 조금 더 진지하고 심각하게 글을 꾸며 청원을 올리자, 순식간에 이슈가 되어 기사화되더니 급기야 국가인권위원회의 직원이란 사람이 우리를 찾아오기까지 했다.

　그 덕에 사장이 알게 됐다. 그래서인지 사장이 현장까지 오는 일이 드물어진 것 같았는데, 어쩌다 마주치게 되면 나와 미화 언니는 괜히 사장의 눈치를 살피게 됐다. 그러나 사장보다도 더 눈치가 보이는 건 반장 언니였다. 처음 들어왔을 때부터 일 잘한다고 칭찬에 아낌이 없던 언니였는데, 요즘은 인사도 받아주질 않았다. 하루는 점심시간에 나와 미화 언니에 은화 언니와 상민 씨까지 휴게실에 모여서 기사에 달린 댓글을 읊어가며 웃고 떠들었더니 반장 언니가 다가와 뭐가 그렇게 신이 났냐고 소리를 질렀다.

"회사 망하라는 글들이 뭐가 그렇게 좋냐고! 만약에 사장이 잘못돼 봐. 우리라고 괜찮을 거 같아? 다 같이 일자리를 잃을 수도 있어."

"무슨 말이 그래?"

미화 언니가 울먹이며 대답했다.

"이런 일은 너희 독단적으로 할 일이 아니란 말이야. 남은 우리는 어쩌라고? 너희 셋만 잘렸으면 될 일이었는데 우리 다 잘리게 생겼잖아!"

"그럼 얘네가 당한 일이 맞는 일이라고 생각해요?"

은화 언니가 대신 화를 내줬다.

"맞든 안 맞든! 뚱뚱한 게 뭐가 그렇게 유세야? 살 좀 빼면 어때? 안 그래도 나도 보기 안 좋았어. 살 뒤룩뒤룩 찐 애들이 여기서 뒤뚱, 저기서 뒤뚱거리는 거."

반장 언니가 나와 미화 언니를 번갈아 가리켜가며 더 크게 화를 냈다. 그 말에 나도 울컥해서 말대꾸를 해버렸다.

"언제는 일 잘한다면서요!"

"그럼 내가 반장인데 좋은 말 해줘야지. 그러

니까 좋은 말 할 때 잘 들었어야 했다고."

반장 언니는 제 성에 못 이겨서 씩씩대다가 휙 나가버렸다. 은화 언니가 쫓아 나가려 하자 상민 씨가 말렸다.

"그냥 두세요. 그 여자가 그랬잖아요. 사람들이 무례한 거라고."

결론은 우리의 승리였다. 인권위에 진정을 제기하자, 사장에게 재발방지책을 마련하고 우리에게 각각 500만 원의 손해배상금을 지급하라는 권고가 떨어졌다. 예컨대 우리의 심리적 스트레스나 미스정의 한약 비용 같은 손해에 대한 배상금이었다.

다이어트를 그만두긴 했지만, 내 몸을 더 사랑하게 됐다거나 일명 바디 포지티브가 된 건 아니었다. 뚱뚱한 몸으로 사는 건 여전히 불편하고 날씬했던 때가 그립기도 하고 작고 예쁜 옷이 탐이 나기도 했다. 그러나 그것은 내 바람이지, '국가가 나서서 걱정할 일'은 아니었다. 나는 이제 살을 빼지 않아도 된다는 것을 알았고, 안 빼고도 살 수 있다는 것을 알았다. 살이 찌면 큰 바지를 사 입고, 아프다면 병원에 가면 될 일이다. 그리고 무엇보다 나는 내가 살을 빼고 싶지 않다는 것을 알았다. 다만, 아직까지 이 몸으로 어떻게 내 삶을 꾸려갈지 정하지 못했을 뿐이다.

여전히 출근길은 힘들었다. 오늘도 나는 문 앞, 의자의 끄트머리 옆에 서서 최대한 부피를 줄이는 척했다. 비어있는 임산부 배려석과 나를 번갈아 보는 사람이 몇 있었고, 올라타면서 나를 피해 멀찍이 자리 잡는 사람이 몇 있었다.

앞서 걸어가는 상민 씨가 보였다. 슬그머니 그의 옆에서 발맞춰 걸었다. 그렇게 도착한 회사 정문은 역시 보자마자 퇴근하고 싶었다.

한바탕 사건이 지나간 후, 첫 아침 조회가 있었다. 오랜만에 마주한 사장 얼굴은 핼쑥해 보였다.

"살은 빠져야 할 사람들은 안 빠지고 내가 빠졌어. 아, 또 이런 말 하면 안 되지?"

플라스틱 용기를 찍어내는 공장에서 불량품을 걸러내고 개수에 맞춰 포장해 나르는 일이었다. 나와 미화 언니가 살이 쪘다는 사실은 이 일에 아무 지장이 없었다. 우리는 불량품을 잘 골라냈고, 개수도 틀리지 않았으며, 깔끔하게 포장해 번쩍번쩍 잘도 날랐다. 그 일의 대가로 월급을 받아서 우리는 불금에 치킨과 맥주를 마셨다. 미스 정도 함께.

오늘의 운세

새해 첫 출근 날이다. 다를 건 없다. 여느 때처럼 사무실 PC의 전원을 눌러놓고 탕비실로 가 커피를 내려왔다. 딱히 마시려는 건 아니고 습관 같은 거다. 다 비우지도 못하고 퇴근 시간이 되면 반쯤 남아 식어버린 커피를 버리고 머그컵을 씻는다. 이것도 습관 같은 거다. 그사이 부팅이 끝나고 메신저까지 로그인되어 광고 팝업을 띄워놨다.

'무료 신년운세!'

'무료'나 '운세'나 괜히 클릭하게 되는 단어인데 둘 다 있으니 당연히 클릭할 수밖에 없었다. 그렇게 괜히 광고를 클릭하고 로드된 웹페이지의 스크롤을 내려 내 띠를 찾았다.

'어려운 상황에 처하더라도 먼저 나서지 않는 게 이득이다. 자세히 보기'

'자세히 보기'를 누르자 결제 안내 페이지가
나왔다. 역시 광고란. 모든 창을 꺼버리고 메일과
팀 스케줄을 확인했다. 아직 작년, 작년이라는 말이
입에 붙진 않지만, 전년도 과제의 정산을 마치지 못
해서 할 일이 많은데도 오전부터 시무식에 참여해
야 했다. 일주일 전 종무식에서 지난 원장을 떠나보
냈으니 이제 새 원장을 맞이해야 했기 때문이다. 새
원장은 인수인계를 위해 지난달 내내 연구원에 들
락거려 이미 얼굴을 모두 익혔지만, 역시 연구원은
정부 부처라 그것에 맞게 무슨 '식'이란 걸 하고야
만다.

"책임님! 저 푸닥거리라도 해야 할까 봐요."

대회의실로 이동하는 길에 우리 팀 막내 인영
이 내게 팔짱을 걸어오며 말했다. 지난 주말에 신년
운세를 보고 왔는데 올해가 들 삼재라며 안 좋다는
소리만 내내 듣다 왔다고 했다. 내가 도대체 삼재가
아닌 해가 언제냐고 반쯤 진심인 농담을 건넸지만,
인영은 심각하게 이번엔 진짜라고 했다. 인영이라
면 '용하다' 한 마디면 점이든 사주든 어느 지역이
든지 간에 찾아가는 아이였다.

"사주 풀이 하시는 분인데 대뜸 부모님 이혼한 걸 맞추더니 제 사주에도 이혼이 있대요. 서른다섯 전에 남자 만나봐야 다 헤어질 거라고 지난해 별 볼일 없는 남자만 들어오지 않았냐고 묻잖아요. 책임님 기억나죠? 저번에 소개받았던 남자! 별 그지 같았잖아요."

나는 그거 역시 웬만한 남자들은 다 그지 같지 않냐고 농담 아닌 농담을 건넸지만, 인영은 여전히 심각했다. 정말로 인영은 연애하고 싶다고 노래를 부르면서도 연예인이 아니면 어느 남자든 우습게 보는 아이였다.

"제 이름에 총, 칼이 있다고 했는데, 저 육사 준비했었잖아요. 재수해서라도 갈 걸 그랬어요. 그래도 관(官)이 잘 어울린대요. 우리 연구원, 관 맞잖아요?"

나라에서 주는 출연금이랑 과제비 아니면 우리 월급도 없으니 관이라면 관이겠다는 대답을 하면서 나는 쌓여 있는 정산 서류들을 떠올렸다. 나와 인영은 회의실 구석에 자리 잡았다. 하지만 뭉그적거리는 연구원 사람들 덕분에 시무식은 제때 시작하지 못하고 있었다. 그 틈에 인영은 사주 이야기로 더 떠들고 싶어 했다. 지금까지 이야기론 딱히 이번엔 진짜라고 생각할 만큼 놀랍지도 않고 왜 푸닥거리까지 해야 하는지 모르겠다고 했더니 지금부터가 진짜라고 했다.

"사주 아줌마가 저보고 건강 조심하라면서 위장이 안 좋다는 거예요. 그런데 저 그저께 밤에, 1월 1일이 되자마자 배탈 나서 응급실 다녀온 거 있죠? 위염이었어요."

위장이 아프다는 것도 흔한 질병이 아닌가 싶고 사주에서 말하는 새해는 구정이 아닐까 싶었지만, 인영이 너무 몰입해 있어서 대충 '오!'하는 리액션만 해주고 말았다.

"이동수가 있다는 말도 했는데 집인 거 같아요. 곧 계약 끝나거든요. 문제는 삼재에 이동은 좋지 않아서 구설에 오를 수도 있다는 거예요. 전세사기 이런 거일까 싶어서 아까 푸닥거리 얘기 한 거예요."

그런 일은 푸닥거리로 될 일이 아니라 정신을 차려야 할 일이라고, 인제 그만 정신 차리고 그런 것 좀 그만 보러 다니라고, 무슨 어린애가 미신 같은 걸 좋아하느냐고 나무랐다. 어린애답게 인영은 굽히지 않고, 사주는 미신이 아니라 과학이며 일종의 빅데이터를 활용한 조언을 구하는 거라고 발랄하게 대답했다. 마침 경영본부 본부장이 단상에 올라 어설프게 '해피 뉴 이어' 같은 소리를 해줘서 인영의 사주 이야기를 그만 들을 수 있었다.

어차피 새 원장을 소개하기 위한 '식'이었으니 앞뒤는 생략하고 당장에 새 원장을 단상에 올렸다. 새 원장은 준비해 온 인사말을 전하기 위해 PPT까지 띄워 여느 원장들의 시작처럼 열정을 보였다. 연구원 원장직은 임기제라 열정을 보여봐야 2년 후면 물러나야 할 테지만, 다들 이 자리를 학자를 끝내고 정치 인생을 시작하기 위한 초석쯤으로 여기는 듯했다. 아닌 게 아니라 임기 중 정치판의 흐름이 바뀌면 곧바로 흐름에 휩쓸려 사라져 버리기도 했으니까. 새 원장은 한참 자신의 포부를 읊고는 말미에 앞으로 연구원의 분위기가 많이 바뀔 거라며 여러분의 도움이 필요할 거라고 붙였다. 원장이 바뀔 때마다 연구원의 분위기가 바뀌는 건 예삿일이라 듣는 우리는 모두 대수롭지 않게 여겼다.

일과 중에 시간이 제일 안 가는 오후 3시쯤, 그건 새해 첫 출근 날에도 마찬가지였는데, 그때 안이 했던 연구원 사람들의 뒤통수를 후려치는 일이 일어났다. 난데없이 인사공고가 뜬 것이다. 난데없는 사람 이름이 난데없는 팀에 쓰여있었다. 연구원 특성상 모두가 전공과 밀접한 업무를 맡을 수밖에 없는데 이유 모를 인사였다. 시행일은 2월 1일. 약 한 달 뒤였다. 이것이 원장이 말한 바뀔 분위기란 건가. 나는 운 좋게도 하던 일을 계속하게 됐지만, 대부분이 생각지도 못한 일을 맡게 돼서 화가 잔뜩 났다. 특히 인영이는 연구원에 다니면서 박사과정을 밟는 중이었는데 하던 일이 곧 논문 주제였던지라 더 크게 분노하고 있었다. 이동수가 있다더니.

"책임님 제가 이번 사주는 진짜라고 했죠?"

퇴근길에 팀 사람들, 곧 반은 같은 팀이 아니게 되겠지만, 아무튼 연구원 사람들과 가진 술자리에서 인영이 어느새 취해 소리치며 말했다. 침울해 있는 사람들 사이에서 혼자 운이 좋았던 것이 민망하기도 하여 내 딴엔 위로랍시고 노동법이 어떻고 노조가 저떻고 오버하여 위로를 했다. 대학 때 노래패 활동을 하면서 주워들은 것들이었다. 실제로 노래 패에선 술이나 먹고 연애나 했지만, 서당 개 삼 년이면 풍월을 읊는다고 노래패 개 삼 년이면 전주만 듣고도 '바위처럼 살아가 보자' 읊는 거였다.

스무 살, 고대하던 수준의 대학은 아니었지만, 대학은 대학이라서 모든 것이 재밌었던 때였다. 새 터라든가 MT는 물론이고, 아직 추운 3월인데도 얇은 카디건 하나만 걸친 채 두꺼운 전공책을 껴안고 캠퍼스를 걷기만 해도 재밌었다. 그즈음 중앙 광장엔 동아리 신입회원을 모집하느라 부스들이 모여 있었는데, 나는 행사 마지막 날이 되어서야 세 개의 동아리에 가입했고 그중에서 노래패 활동을 가장 열심히 했었다. 노래패가 뭐 하는 곳인지 몰랐던 건 아니지만, 어떤 뜻을 가지고 활동했던 것은 아니었다. 다만, 노래패는 연합 동아리라 서울 시내 대학생들을 두루 만날 수 있다는 메리트가 있었다. 거기서 내 생애 첫 남자 친구도 사귀었었다.

다음 날 아침, 인영이 내 자리로 찾아왔다. 전날 내가 한 말이 꽤나 인상적이었던 것 같았다. 나는 아차 싶었다. 집으로 돌아가는 길에 술자리에서 떠들어낸 걸 후회했지만 인영이 워낙 취해 있었기에 기억하지 못하기를 바라고 있었기 때문이다. 인영은 아무리 생각해도 이건 부당 인사라고 어쩌면 취업 사기까지 갈 수도 있겠다고 말했다. 한 달 정도 시간이 남았으니 그사이 원장의 마음을 돌려보겠다고 했다. 어차피 2년 뒤면 사라질 사람 아니겠느냐고. 어떻게 하겠다는 건진 모르겠지만, 포부는 상당했다. 나로서는 정산이 뜻대로 되지 않아 왜 나는 팀이 그대로인지, 나 몰라라 일을 던져 버리고 싶다는 생각뿐이었다.

"안 되면 시위라도 할 거예요. 물러나라! 물러나라!"

인영은 대수롭지 않게 '시위'라고 말하며 장난스럽게 구호를 외쳤다. 시위하면, 마음이 돌려질까. 강남 한복판에서도 커다란 빌딩 앞에 천막을 치고 머리에 빨간 띠를 두른 사람들이 모여 있는 모습을 심심찮게 볼 수 있다. 굳이 읽어보지 않아도 공격적인 현수막들이 여기저기 붙어 있지만, 그들은 생각보다 무기력하게 앉아 있다. 천막 생활이 얼마나 흐른 건지. 농성하지 않는 시위대 옆을 지나면서 나는 초점 흐린 눈으로 먼 산을 보며 걸었다. 왠지 눈 마주치기가 쉽지 않다. 눈을 마주치는 순간, 그들의 마음을 모두 알아버릴 것 같았기 때문이다.

일주일에 한 번씩 동아리 방에 모여 노래를 배우고, 한 달에 한번은 연합회가 다 같이 모여서 배운 노래를 부르는 집회를 했었다. 내가 무엇을 위해 이 노래들을 배우고 있냐고 물으면 회장 언니는 나중에 시위할 때 써먹을 거라고 했고, 우리가 시위할 일이 뭐가 있냐고 되물으면 회장 언니는 조금 생각한 후에 곧 생기지 않겠냐는 질문 같은 대답을 해줬다. 아무래도 우리 시절에 시위할 일이 뭐 얼마나 있었겠나 모두 술을 마시기 위한 핑계였던 거지. 마침내 집회 끝에 이어진 술자리에선 저마다의 유토피아를 들먹이며 세상에 대한 비난과 불평을 늘어놓았지만 그렇다고 시위할 일이 생기는 건 아니었다.

그러던 어느 날, 우리 학교 조교 하나가 정문 앞 도로에서 버스에 치여 죽는 사고가 났다. 그 버스라면 유일하게 우리 학교 정문 앞까지 와주는 버스인데 너무 띄엄띄엄 다녀서 나의 선배의 선배의 선배들부터 배차 간격을 좁혀달라고 호소하던 버스였다. 그러니까 조교는 한번 놓치면 한참을 기다려야 하는 그 버스를 타기 위해 무단횡단을 불사하다가 사고를 당했다는 거였다. 이즈음 발간된 교지에서 사회학과 교수는 이 사고를 일컬으며 자고로 대학생들은 '지식인'으로서 대학 안에서 일어난 '사건'을 가만히 두면 안 된다고 나무라는 글을 싣기도 했다. 이에 노래패 회장 언니를 선두로 모두가 정문에 모여 배운 대로 노래도 하고 구호도 외치게 됐다. 아무렴 회장 언니는 사회학과였으니. 그러나 우리의 첫 시위는 재수강으로 끝이 났다. 회장 언니는 학점에 이의를 제기하고 교지에 글을 실은 교수로부터 가만히 있으면 반이라도 간다는 소리도 들었다고 했다.

인영은 원장과 면담을 하겠다고 가서는 점심 시간이 지나도록 돌아오지 않더니 한시 땡하고 나서야 눈이 벌게져서 자리로 돌아왔다. 다행히 원장 앞에서 운 건 아니라고, 화장실에서 울다가 점심시간을 놓친 거라고 했다. 원장과 면담을 오래 한 것도 아니라고 했다. 몇 분 만에 '원장이 그러라면 그런 줄 알지 어디서 근거라느니 목적이라느니 토를 다느냐'는 소리를 듣고 원장실에서 쫓기듯 나왔다고 했다. 설마 그런 말을 했겠느냐고, 진짜로 그런 말을 했느냐고, 녹음하지는 않았느냐고, 들은 사람은 없느냐고, 나도 당황하고 황당해서 캐물어 버렸다. 아무렴 인영이 거짓말을 하진 않겠지만, 이게 진짜라면 문제니까.

"사주 아줌마한테 상사 복을 물어봤어야 했나 봐요."

인영은 씩씩하게 농담을 하며 고맙다는 말을 건넨 후 업무에 복귀했다. 하지만 이런 일들은 일단 한 번 노선에 들어서면 주체할 수 없이 달리게 된다. 투쟁이 '쟁취'로 끝나든 '결렬'로 끝나든 상관없이. 퇴근을 위해 정리를 하면서 인영은 우선 서명을 받겠다고 했다. 인사 철회만 요구할 생각이었는데 아무래도 화가 나서 안 되겠다며, 원장을 CEO쯤으로 여기는 듯한데 자질이 없는 것 같으니 탄핵도 추진하겠다고 했다. 일단 퇴근부터 하고 내일 다시 생각해 보자고 말렸지만, 인영은 자기가 총대를 메고 서명을 받으러 다니겠다고 했다. 이름에 총, 칼이 들었다더니.

"사주 아줌마가 이걸 염두에 두고 한 소리였나 봐요."

첫 시위를 경험한 후, 나는 과연 내가 상상해 온 대학생 같았다. '지식인'으로서 마땅히 해야 할 일을 해낸 거 같았던 것이다. 요즘엔 대학생을 지식인으로 안 쳐주는 거 같지만. 아닌 게 아니라 어른들은 우리를 놀고먹는 대학생이라 불러댔다. 취직이나 제때 하면 잘했다면서. 하지만 우리는 우리 나름대로 심각했고 진지했다.

내가 다닌 고등학교에는 생각 키우기의 준말인 '생키'라는 이름을 달고 우리에게 여러 가지 질문을 던지는 수업이 있었다. '여러 가지'라고 했지만, 주로 4.19라든지 5.18 같은 민주화 운동에 관한 것이었다. 6월에도 10월에도 다룰 수 있는 민주화 운동은 계속 있었기 때문에 그때가 몇 월이었는지 무슨 운동을 다뤘었는지는 기억이 안 나지만, 선생님이 격한 시위 속에 목숨을 잃은 대학생들에 관해 이야기 해주신 적이 있다. 그때 나는 꽤 큰 충격을 받았는데, 왜냐하면 대학생이라고 해봐야 당시 나에게 겨우 두어 살 많은 언니, 오빠들이었기 때문이었다. 그때 생각했던 거 같다. 대학생이 되면 저들처럼 '좋은 세상'을 만들기 위해 목소리를 내야겠다고, 아무렴 그게 대학생의 할 일이라고.

일주일이 지나도록 연구원은 새 원장에게 적응하지 못하고 있었다. 사실 언제나 결국은 원장이 연구원에 적응해 버리고 겨우 2년을 보낸 후에 물러났었다. 하지만 이번엔 어쩐지 새 원장의 기세가 등등했고, 그래서 연구원 사람들의 반감은 더 커져만 갔다. 그렇게 따지면 겨우 일주일이다 싶지만, 그 일주일 사이에 인영이 주도한 서명 운동엔 반이 넘는 사람들이 동참했다. 대부분 곧 팀이 옮겨질 사람들이었지만, 아닌 사람들도 있었다. 왠지 이번 원장은 별로라는 것이다.

"책임님은 서명 언제 해주실 거예요?"

나는 일말의 죄책감이었는지 인영이 서명받을

종이의 양식을 만들어 줬었다. 노래패 시절 경험을 살려. 하지만 그러고도 서명은 미루고 있던 참이었다. 언제는 정산이 너무 정신없다고 미뤘고 언제는 마땅한 펜이 없다고 미뤘다. 이번엔 뭐라 하며 미루지, 미루면 미뤄질까 머리 굴리고 있을 때 마침 전화가 울렸다. 과제 연차보고서를 가지고 원장실로 오라는 전화였다. 부랴부랴 보고서를 출력하는 나에게 인영이 원장이 책임님만 서명 안 한 거 안 모양이라고 우스갯소리를 했다. 나는 무슨 나만 안 했느냐고 조만간 해주겠다고 얼버무렸다.

원장실에 들어가기 전에 스마트폰의 녹음 어플을 실행시켰다. 인영의 원장과의 면담 얘기가 신경 쓰였던 것도 있지만, 그렇다고 이게 원장의 어떤 점이나 원장에 대한 나의 어떤 점을 설명해 주는 것은 아니다. 요즘 세상에 부당한 일은 어디에나 있으니 혹시 모를 때를 대비하는 것뿐이었다.

원장은 내가 생키 시간에 보고 배운 대학생 중 하나였던 것 같았다. 보고를 받다 말고 맥락 없이 그 시절 무용담을 떠들어대길래 알게 됐다. 청와대 비서실의 누구와 같이 대학 생활을 했다고도 했는데, 그런 걸 보면 원장이 정말 만만치 않은 사람이란 생각이 들었다. 그런데 역시 원장은 만만치 않은 사람이었다. 부정 청탁이란 걸 하면서도 녹음될 일은 없도록 했는데, 올해 연구 용역을 맡길 단체를 선정해야 한다는 대목에서 말없이 명함 한 장만 건네고는 일하면서 결혼 준비를 하려니 힘들지 않느냐고 물어왔다. 결혼하는 건 또 어떻게 알았는지.

아닌 게 아니라, 일하면서 결혼 준비를 하려니 정말 힘들었다. 오늘도 오후에 반차를 내고 남자친구가 결혼식에서 입을 예복의 가봉을 확인하러 가야 했다. 그래서 서명 운동에 동참하지 않고 있었던 것도 있었다. 너무 바빠서 신경 쓸 겨를도 없었거니와 만약에 잘못된다면, 그로 인해 내 결혼생활에 지장이 생긴다면, 그런 생각을 했었던 것 같다.

나와 노래패 사람들은 버스 시위로 노선에 접어든 뒤라 속도를 주체하지 못하고 달리기 시작했다. 전의에 불이 붙어 어떤 구호이든 이뤄낼 수 있을 것 같다는 자신감이 생겼다. 덕분에 우리는 한동안 반값 등록금을 실현하라고 외치며 학교 시험도

마다하고 촛불을 들었었다. 그때는 내가 다 알고 한 일이라 생각했는데, 돌이켜 보면 난 아무것도 몰랐는지도 모른다, 대학생의 할 일이란 걸. 안 그래도 시험 기간이라 저조했던 참여율이 방학이 되자 뚝 떨어져서 모든 구호가 흐지부지되어갔다. 결국 대학생들의 등록금 문제는 어른들의 문제로 번졌고, 또 그보다 더 커 보이는 대의가 등장했을 때 나는 학사경고를 받았다.

　그 후론 모자란 학점을 메우느라 바쁜 4학년을 보냈다. 졸업을 1년 유예하고 대부분의 시간을 도서관에서 보내며 취업 준비에 전념했다. 처음엔 자신 있었다. 토익 점수도 꽤 올렸고, 영어 회화를 다루는 공인 시험도 괜찮은 점수를 받아서 이력서에 둘 중 하나만 적게 할 땐 아쉬울 정도였다. 처음 불합격 통보를 받았을 때는 취업이 어려운 때라고 하니 벌써 잘 되는 게 이상하다고 생각했을 뿐이었다. 하지만 한 번이 두 번이 되고 두 번이 세 번이 되고 나중엔 셀 수도 없을 지경이 되었다. 그 정도 되니 이제 가릴 것도 없이 회사의 이름만 바꾸어 어디에 지원하고 있는지 자각도 못 할 정도로 마구잡이로 이력서를 보내게 됐다. 그렇게 2년이란 시간을 흘려보낸 후에 나는 물류센터에서 일을 시작했다. 허송세월 보내지 말고 우선 돈이라도 벌어보자고, 학자금 대출이라도 감당해 보자는 마음이었지만, 스무 살의 내가 바라던 모습은 아니었다.

대학생의 할 일은 조금 더 좋은 학점을 만들고 어떻게든 장학금을 받아서 빚은 내지 말고-아무렴 그게 학자금 대출이라 하더라도-조금 더 좋은 스펙을 쌓고 될 수 있으면 조금 더 좋은 회사로 취직하는 것이라고. 그래야 조금이라도 돈이 더 생기고 조금이라도 더 목소리가 커질 수 있다고. 그리고 그렇게 된다면 세상은 이미 좋아 보일 거라고. 그런 생각을 하게 됐다. 아무래도 진짜 내 생각이라고는 하지 못하겠다는 그런 생각을 하게 됐다.

원장은 연구원의 분위기에 마구 행동하기로 작정한 건지 취임한 지 한 달도 안 된 사람이라기엔 무지막지했다. 인사 발령으로 비워놓은 몇 자리에 채용공고가 올라온 것이다. 그 중엔 인영의 자리도 있었다. 이 모두 염두에 두고 있었던 건지. 우리는 채용공고도 원장이 내게 건넨 명함처럼 원장이 정한 몇몇 이름을 위한 건 아닌지 의심하게 됐다. 인영은 서명 운동은 없던 일로 하겠다고 했다. 그리고는 무슨 생각인 건지 오후 일과시간 내내 말없이 일만 했다.

"책임님, 저는 싸우기로 했어요!"

다음 날 아침, 인영이 출근하자마자 자리에 가방을 던지듯 놓으며 말했다. 서명을 받으러 다니면서도 심란해서 사주를 봤다고 했다. 저번 사주 아줌마를 다시 찾아가고 싶었지만, 예약이 꽉 차서 빨라야 3개월 뒤에 가능하다기에 우선 예약을 걸어 두고 간단하게 맛보기로 톡 사주를 봤다고 했다. 하다하다 톡으로도 사주를 보느냐고 했는데, 그도 나름 용하다고 유명해서 연결되기가 쉽지 않다고 했다.

"우선 톡방에 들어간 후에요 시간 약속을 잡아요. 전 운 좋게 이틀밖에 안 기다렸어요. 약속한 시간이 되면 제 생년월일이랑 태어난 시간을 알려주고 그 사람이 계좌번호를 줘요. 입금하면 한 20분? 그 정도 얘기할 수 있어요."

요즘엔 정말 돈 버는 일이 가지가지라는 생각

이다. 점점 난잡해지는 연구원에 나도 돈을 벌 다른 방법을 찾아야 할는지. 아니면 나도 인영처럼 앞날을 점쳐봐야 할는지. 얼마를 입금해야 하냐고 물었더니 만 원이면 된다고 했다. 딱 만 원어치 풀이만 해주지만 해볼 만하다며 인영이 톡으로 나눈 대화를 보여줬다.

저는 반대입니다.

공공기관에 계십시오.

미꾸라지 같은 놈이 물을 흐리고 있긴한데

아

비추입니다.

무조건 참으십시오.

저번에 사주 아줌마도 관이 어울린다고 했다던데 정말 사주에 관이 있긴 있나 보다. 만원이면 나도 한 번 봐볼까 하는 생각이 들었다. 그런데 연구원을 관두지 말라는 말이랑 싸우는 건 무슨 관계냐고 물었더니 자기가 연구원을 관두지 않을 거라면 원장을 관두게 해야 하지 않겠냐면서 어쩐지 신이 난 얼굴로 말했다.

물류센터는 반년 만에 관뒀다. 잘리듯이 관뒀는데, 낙심하며 시작한 데에 반해 나름 재밌게 일하고 있던 때였다. 당일 배송을 맞추기 위해 화장실 가는 것도 참아야 했고, 마감 시간이 임박하면 눈앞에 와서 더 빨리 움직이라고 고함을 쳐댔고, 봄날에도 창고는 썰렁했지만, 엄마와 더 가까운 나이임에도 언니라 불렀던 함께 일하는 사람들 덕분에 하루하루 잘 견디고 있었다.

그러던 어느 날, 내 옆자리인 선희 언니가 송장이 하나씩 밀리게 일처리를 하는 바람에 백여 건의 주문을 잘못 내보내는 일이 있었다. 우리는 일을 하면서 혼이 났다. 선희 언니는 말할 것도 없이 이 사람, 저 사람에게 욕을 먹었고 마침내는 손해배상 차원에서 한 달 치 월급을 깎였다. 아무리 그래도 언니로서는 부당한 처리였던 게, 어쨌든 물건들은 배송 전에 정상 처리되어 제 주인들에게 갔기 때문이었다. 언니는 며칠을 하소연했지만, 월급날 정말 통장에는 한 푼도 들어오지 않았다.

선희 언니는 나를 언제나 '배운 사람'이라 불렀는데, 이번에도 '배운 사람'이 좀 도와달라며 무슨 방법이 없겠느냐고 내 앞에서 엉엉 울었다. 나는 여전히 지식인으로서의 어떤 사명을 갖고 있었기에 선희 언니가 내용증명을 작성하는 일을 도왔다. 하지만 언니는 소송까지 할 여력은 없었기에 센터 앞에 현수막을 내걸고 오가는 사람들에게 내가 써 준 내용증명을 출력해 돌리는 것으로 그쳤다. 그러나 회사는 이 모든 것에 무단이탈과 불법 점유와 영업방해 같은 이유들을 붙여 무산시켰고, 언니는 영영 일하지 못했다. 내가 언니를 도왔다는 것에는 어떤 이유도 붙이지 못해서 회사는 내게 집중적으로 일을 몰아주기 시작했다. 물량이 많다고 해도 시간 내에 끝내야 했기 때문에 마감 시간이 임박하면 내 눈앞에 와서 더 험한 말로 빨리 움직이라고 고함을 쳤다. 그렇게 나는 잘리듯이 관두게 된 것이다.

'감투에 심취하지 마시고 무게를 느끼세요!'

'인사 철회!'

'능력 없는 원장은 물러나라!'

연구원 앞에 현수막이 걸렸다. 그 언젠가 강남 한복판에서 봤다는 시위대의 그것만큼이나 공격적이었다. 인영과 몇 명은 점심시간에 피켓을 들고 현수막 아래 서서 구호를 외쳤다. 연구원 건너편에 자리한 시의회를 향해서. 과연 시의원이라면 원장과 마찬가지로 내가 생키 시간에 본 대학생들이었을 테니까. 인영은 이들이 시위를 보고 어딘가 동하지 않을까 기대한다고 했다. 그랬다면 원장도 이런 일을 벌이진 않았으려니 생각했지만, 응원한다는 의미로 고개를 끄덕이고 말았다. 결혼 준비를 하느라 회사에서 내 업무 이외엔 신경 쓸 여유가 없었다. 그래서 그런 거라고 인영의 일을 적극 돕지 않는 나를 스스로 합리화했다. 합리화하는 건 인영이 걱정되긴 했기 때문이다. 어느 소설의 한 구절처럼 '너는 자라 내가 되겠지'와 같은 마음으로.

내 업무가 넘쳐나기도 했다. 정산이 마무리 되

---

* 김애란, 《비행운》, 문학과 지성사, 2012, 297p.

어가자 연구 용역을 선정하고 계약해야 할 때가 다가왔다. 원장에게 받은 명함이 있긴 했지만, 작년에 함께 일했던 김 교수님과 다시 하고 싶은 마음이 있었다. 아무래도 한 번 해본 사람과 하는 게 나으니까. 밑져야 본전이란 마음으로 한 번만 원장에게 김 교수님의 랩실을 어필해 보자고 찾아갔다.

곧 점심시간이긴 했지만, 아직은 좀 이른 시간이었는데 원장실은 비어있었다. 요즘 부쩍 원장의 비서 노릇을 하고 있는 경영팀 선임에게 언제 오면 만나 뵐 수 있겠냐고 물었더니 오늘은 종일 외부 일정이라고 허구한 날 누구를 만나러 나간다고 했다. 장단을 맞추느라고 이번 원장은 근태에 문제가 있다고 농담을 던졌는데 기다렸다는 듯이 하소연을 시작했다. 대체 우리 연구원과 어떤 관련일지 모르겠는 사람들과 이 밥도 먹고 저 밥도 먹느라 취임하고 한 달도 안 되어서 업무추진비의 삼 분의 일을 소진했다고 했다. 이것도 문제인데 시도때도없이 자기더러 식당을 예약하란 연락을 해온다면서 그건 밤늦은 시간에도 해당한다고 했다.

"어제도 밤 열한 시에 전화가 왔어요. 아마 지

금 그 약속에 갔을 거예요. 벌건 대낮부터 소갈비 드시러요."

술이라고 안 마시겠냐더니 선임은 벌떡 일어나 요즘 점심시간마다 피켓 들으러 나간다고 미안하다며 나가버렸다. 인영과 함께하는 사람들이 많아졌나 보다.

김 교수님 랩실의 연구 실적을 요약한 소개서와 전년도 연구 성과보고서를 원장 메일로 보냈다. 지난 면담에 성과보고서를 공유해달라고도 했으니까. 밑져야 본전이란 마음이었다. 동시에 원장이 건넨 명함을 꺼내 연락처를 확인했다. 김 교수님에게는 원장이 메일을 보고 마음을 돌린다면 그때 연락해도 될 테니까. 하지만 내심 그럴 일은 없을 거라 여겼고, 원장과 씨름하며 스트레스를 받을 여유도 없었기 때문에 곧 명함에 적힌 번호로 전화를 걸었다.

물류센터를 관두고 대학원에 진학해 지도교수님의 도움으로 겨우 서른 전에 석사를 마치고 지금 연구원에 취직했다. 육아휴직 대체직으로 6개월 계약이었지만, 일단 시작하면 답이 보이지 않을까 싶었다. 내 첫 업무는 50명이 넘는 사람들에게 전화

를 돌리는 일이었는데 연구원 사업설명회에 참석
해달라는 전화였다. 모니터에 대사를 띄워놓고 심
호흡을 한 후에 전화를 걸었다. 연결음이 길어지
면 속으로 제발 받지 말라고 빌었는데, 어김없이 받
아서 상대는 내가 인사도 끝내기 전에 전화를 끊는
다든가 번호를 어떻게 알았느냐고 화를 내기도 했
다. 자기가 홈페이지에 개인정보 이용에 동의했으
면서. 오후 꼬박 걸려 일을 마치고 화장실로 달려가
구토를 했다. 현기증이 나서 견딜 수가 없었다.

　　노래패 선배들이나 대학 동기들이나 특별히
사정이 나은 사람은 없었다. 인턴만 세 번째 하고
있다든가, 계약직으로 11개월 일하고 퇴직금을 받
지 못했다든가, 정규직이라지만 수당도 없이 야근
을 한다든가. 회장 언니는 10년 가까이 임용을 준
비하며 기간제 교사로 일하고 있었다. 벌써 학교 경
력이 오래됐는데도 정규교사들을 보면 어딘지 작
아진다고 했는데, 하루는 동료 교사들과 점심을 먹
으며 결혼에 관한 이야기를 나누다가 새로 임용된
교사에게 결혼은 선생님이 된 후에 하는 게 낫지 않
겠느냐는 '조언'을 들었다고 했다. 우리는 일주일

에 다섯 번을 만나 서로의 일에 서로가 대신 분노해
줬다. 그거 불법 아니냐고, 그거 신고해야 한다고.
술자리에서 우린 이러다 전태일이 되는 거라며 떠
들었지만, 아침이면 다시 출근할 뿐이었다. 그래도
육아휴직을 했던 책임님이 돌아오지 않으면서 나
는 정규직 자리에 앉을 수 있게 됐다.

2월 1일, 새해에 났던 인사 발령이 시행되는
날이다. 여느 때처럼 사무실 PC의 전원을 눌러놓
고 탕비실로 가 커피를 내려왔다. 딱히 마시려는 건
아니고 습관 같은 거다. 다 비우지도 못하고 퇴근
시간이 되면 반쯤 남아 식어버린 커피를 버리고 머
그컵을 씻는다. 이것도 습관 같은 거다. 그사이 부
팅이 끝나고 메신저까지 로그인 되어 광고 팝업을
띄워놨다.

'무료 사주풀이!'

오늘도 괜히 광고를 클릭하고 로드된 웹페이
지에 내 이름과 생년월일, 태어난 시를 넣었다. '확

인'을 누르기 전에 '개인정보 활용'만 보고 모두 동의에 체크해 버렸다. 화면이 다음 페이지로 로드되는 동안 밑에 광고 수신에 대한 동의도 포함된 것을 발견했지만 이미 늦었다. 조만간 이상한 보험 전화가 오겠지.

'다른 사람의 일에 말려들지 않도록 조심하시고 구설의 위험이 있으니 지나고 나면 후회할 약속을 하지 않도록 해야 합니다. 약간만 주의해도 아무 해가 없지만 자존심을 앞세우면 오히려 해가 커짐을 명심하시기 바랍니다.'

요즘 연구원 분위기를 생각하면 어쩜 용한 것 같다는 사주 풀이었다. 인영이 오면 알려줘야겠다고 생각했다. 인영은 아침에도 피켓 시위를 하고 출근 시간이 임박해서 헐레벌떡 사무실로 들어왔다. 인영을 비롯해 발령이 난 직원들은 모두 팀을 옮기지 않고 원래 자리를 지켰다. 어쩐지 아무도 어떤 소리도 내지 못하고 제 할 일들을 했다. 나 역시도 인영이 자리를 옮기는 게 좋을지, 지키는 게 좋을지 헷갈렸다. 어차피 2년 뒤면 또다시 새로운 원장이 와서 바꿔 버릴 텐데 참고 견디는 게 낫겠단 생각과

매번 원장이 바뀔 때마다 헤집어 놓으니 이참에 본때를 보이는 게 낫겠단 생각이 계속 바뀌었다. 머릿속이 시끄러운 만큼 조용한 사무실에 갑자기 원장이 나타나 스윽 둘러보고는 사라졌다. 그리고 얼마 지나지 않아 명령 불복종으로 인한 징계라는 제목으로 공지 메일이 왔다. 그 안엔 자리를 옮기지 않은 사람들 이름이 적혀있었다.

"책임님도 같이 나갈래요?"

점심시간이 되자 인영이 내게 물어왔다. 인영의 등 뒤로 사람들이 삼삼오오 피켓을 나눠 드는 모습이 보였다. 오늘 점심엔 더 많은 사람이 시위에 동참하게 돼서 급한 대로 A4 용지에 구호를 프린트하는 모습도 보았다. 사람들의 흥분한 목소리로 사무실이 시끌벅적해졌다. 나 역시도 이건 아니라는 생각이 강력했지만, 선뜻 대답은 하지 못하고 인영을 바라볼 뿐이었다. 인영은 알겠다며 돌아서 나갔다. 뭘 알겠다는 거지. 나도 모르겠는데.

'다른 사람의 일에 말려들지 않도록 조심하시고'

'다른'사람의 일, '조심'하시고, 아침에 읽은 사주 풀이가 머리에 맴돌았다. 따라 나갈 타이밍을 놓친 나는 사무실에 혼자 남았다. 배가 고파왔지만, 밖에 저 시위대를 지나쳐 밥을 먹으러 갈 용기는 없어서 어쩔 수 없이 서랍에 쟁여놓았던 주전부리로 허기를 달래고 있었다. 생각하지 말자고 생각하면서. 그때 원장이 나타났다.

"이 책임, 그 메일 뭐야?"

이 타이밍에 원장을 마주친 것도 정신이 없는데 다짜고짜 소리를 질러대는 통에 더 정신이 없었다. 그래서 무슨 소리를 하는 건지 알아듣지 못하고 예?라고 되물었다. 원장은 김 교수네 자료를 왜 메일로 보냈느냐고 씩씩대며 말했다.

"이거 증거 남긴 거야? 이인영 씨 옆자리에 앉더니 못된 것만 보고 배웠구나?"

성과보고서에 포함된 집행 명세서 때문이었다. 원장이 청탁한 연구단체가 발행한 견적보다 돈백은 덜 쓴 터였다. 아무래도 관에서 하는 일엔 퀄리티보다도 중요한 건 싸게 하는 거니까. 내가 작정하고 메일을 보내 부정 청탁을 증명하겠다고 알리바이를 만든 줄 안 모양이었다. 그렇게 무서운 걸 왜 했는지. 너무 분했다. 이 순간 녹음 어플을 켜지 못

해서 더 분했다. 분해서 아무 대꾸도 하지 못했다. 원장은 한참을 침을 튀겨가며 험한 말을 퍼부었다. 그 옛날 물류센터에서 마감을 재촉하며 험한 말을 듣던 때처럼 그냥 관둬버리고 싶었다.

'다른 사람의 일에 말려들지 않도록 조심하시고'

나는 점심시간 끄트머리에 시위대에 합류했다. 마침 프린터기에 가져가지 않은 출력물이 남아 있었다. 폰트는 헤드라인에 색은 빨갛게, 크기는 72포인트 정도로 '원장 독재 타도'가 적힌 출력물이었다. '다른' 사람의 일이 아니었다. '조심'하셔도 말려들 수밖에 없었다. 노동이란 그런 거니까. 언제 어디서 누구든지 고단한 거니까.

우리는 아마 감봉 즈음의 징계를 받을 테다. 총대를 멘 인영은 아마 정직이라든가 해고 정도의 징계를 받을 테고. 원장은 아마, 아마도 2년 뒤에나 물러나겠지, 연구원 내규대로. 새로 올라온 공고엔 내정자가 있든 없든 많은 지원자가 몰리겠지. 내가 맡은 과제는 올해도 무사히 성과를 낼 테고. 정산할 때쯤엔 내가 맡을지 어쩔지 모르겠지만. 아, 내 결혼은.

나비키스

'그는 그녀에게 나비키스[1]를 건넸다.[1)]'

1. 속눈썹을 뺨에 대고 빠르게 눈을 깜박여 상대의 얼굴을 간질이는 키스.

    그녀는 책을 덮었다. 아무 일도 일어나지 않은 저녁이었기에 책을 펼쳐 들었었다. 오늘은 화요일 인데 화요일이란 무슨 일이 일어나기에는 애매한 요일이니까. 그래서 책을 읽었다기보다 아무 일도 일어나지 않은 어느 저녁이라는 게 익숙하지 않아 서 뭐라도 해볼까 하고 시작했을 뿐이었다. 안 하던 짓은 역시 어렵다. 하지만 하던 짓을 하는 것은 더 어려우니까 그녀는 안 하던 짓을 했던 것이다. 몇 장 안 넘겨 등장한 문장에, 그 안의 생소한 단어에, 그에 딸린 주석에 따라가 읽은 의미가 그것을 이해 할 수 없어 결국 그녀는 책을 덮었다.

'속눈썹을 뺨에 대고 빠르게 눈을 깜박여 상대의 얼굴을 간질이는 키스.'

그렇게 가까울 수 있나 싶었던 것이다. 누군가의 속눈썹이 다른 누군가의 뺨에 닿을 정도로 가까이 다가갈 수 있는 건가 싶었던 것인데, 그녀에겐 그것이 입술과 입술이 닿고 더 나아가 혀들이 뒤엉키는 키스보다도 가깝게 느껴졌다. 그리고 그것보다도 더 가깝기 힘들다고도 생각했다. 더 천천히 다가가야 할 것 같고, 다가가되 눈두덩이 상대의 뺨에 닿기 전에 속눈썹 끝에서 전달되는 진동에 겨우 닿았나 싶을 때, 그때 멈추어야 하고 슬며시 눈을 감았다 뜨는데 뭐라고 불러야 할지도 모르겠는 눈언저리 살점이 간지러워 눈물이 날 것도 같은 그런 키스를 어떻게 그렇게 가까운 키스를 가깝게 할 수 있는 것인가 하는 의문이 들었던 것이다.

그리고
그렇게 눈가 촉촉해져서 부드럽게
나
비

처
럼

다가오는 상대를 기다려 키스를 받으면 그녀
의 뺨은, 그녀 자신은 괜찮을까 했던 것이다.

그녀는 견디지 못하고 없었던 일로 하자고 했
다. 나타나지 말아 달라고 했더니 그는 정말 나타나
지 않았다. 그래서 정말 나타나지 않을 작정인가 하
고 나타날 때보다 더 초조한 마음으로 공허한 시간
을 보내고 있을 때 그는 나타났다. 밤마다 창밖에서
바라보다 돌아갔었다고 문 앞까지 왔지만, 문 안까
지 올 정도는 아닌 그 정도의 그리움으로 나타났었
다고 했다. 그리고 다시 나타나지 않았다. 아니, 나
타났었는지도 모르지만, 그녀는 모른다.

하루가 이틀이 일주일이 그리고 한 달에서 그
보다 조금 더 지났다. 그렇게 맞은 화요일이었다.
덮은 책은 다시 펴지 않았고, 어제보단 덜했지만 여
전히 초조했다. 그 초조함을 보지도 듣지도 않는
TV 소리로 포장하고 앉았다가 누웠다가 웬일인지
더 분주하게 움직이는 중에 휴대폰이 울렸다. 기대

였는지 예상이었는지 어쩐지 기다리고 있던 소리
라 한편으로 안심하며 받았다.

"죽었어요. 죽었다구요."

죽는 것이 이렇게 쉬운 일인가? 사라진다는 것
은 죽는 것인가? 죽었다는 것은 사라지는 것인가?
나타나지 않았던 그날부터 사라진 것일까? 죽은 그
날부터 사라진 것일까? 사라진 날 죽은 것일까? 죽
은 날 사라진 것일까? 사라지다. 살아지다. 살아질
까? 죽은 줄은 몰랐지만, 그가 사라졌던 그때부터
그녀는 살아지는 듯 살아지지 않았는데 죽은 줄 알
게 된 지금부터 그는 계속 사라질 거고, 그렇다면
그녀는 계속 살아갈 수 있을까?

비가 내려서 흙 내음이 더 짙던 날의 화원이었다.
그녀는 꽃을 사려던 건 아니고 그러니까 꽃이 좋아
꽃을 사려던 것이 아니라 누군가에게 꽃을 주어야
만 하는 날이어서 꽃을 사러 갔었다. 그래서 무슨
꽃이 좋을지 몰랐고 추천해달라는 말에 주인 여자
는 잠시만 기다려 보라며 화원 안의 작은 문으로 사
라진 뒤였다.

"이 재스민 나무는 얼마입니까?"

화원 문 앞에서 혼자 비를 맞으며 서 있는 재스민에 마음이 동해 덥석 들고 들어왔다는데 그는 그렇게 계획에도 없던 가게에 그 문 안까지 들어올 정도의 낭만으로 나타났다. 그녀는 모른 체하고, 아니 몰라서 모르니까 우두커니 서 있었다. 그가 이상한 주인 여자다 싶어질 때 주인 여자가 나타났을 건데 그제야 그녀에게서 눈을 거두고 3만 원 달란 말에 4만 원을 꺼내 건네었다.

"주머니에 이게 다입니다. 만 원은 여기 이 장미 두 송이 값해서 아가씨와 주인아주머니 하나씩 가지세요. 비가 오는 수요일이잖아요."

그는 어쭙잖은 수작을 부려놓고 혼자 웃으며 달아났다. 하지만 주인 여자는 웃었다. 그녀도 웃었다. 우스워서 웃었는지 좋아서 웃었는지 실소인지 냉소인지 무슨 마음이었는지는 몰라도 어쨌든 웃었다. 그녀도 모르는 마음이니 그는 더 몰랐을 수밖에 없었던 것일까?

"너도 웃었잖아."

웃었으니 좋은 줄 알고 좋아한 줄 알고 하필이면 다음 날 또 마주치는 바람에 그의 생각은 더 확고해졌는데, 누구의 노래인 듯 우리 만남은 우연이 아니라는 것이다. 이번에도 그녀는 웃었는데 역시나 우스워서 웃었는지 좋아서 웃었는지 실소인지 냉소인지 무슨 마음이었는지는 몰라도 어쨌든 웃었다.

영정사진이란 꼭 영정사진처럼 생겼는데 죽을 줄 몰랐던 사람의 영정사진은 어디서 구하는 걸까? 그는 어떤 사진을 영정사진으로 썼을까? 그것은 영정사진처럼 생겼을까? 영정사진처럼 생겼다는 건 죽을 줄 알았던 걸까? 그런 줄 알고 영정사진을 찍었던 걸까? 하지만 그녀는 그의 영정사진을 볼 수가 없는데, 그의 영정사진이 없어서 없는 게 아니라 그녀가 그것을 볼 수 없어서 없다. 그녀는 그의 영정사진을 볼 수 있는 세계에서 보이면 안 되었다. 죽었다는데 영정사진마저 볼 수 없으니 죽은 게 맞는지 알 수가 없다. 그의 죽음을 무엇으로 확인할 건가 싶지만, 확인할 수 없다 해도 그가 죽었다는 것이 그녀에게 더 좋을 일이었다. 좋을 일일까?

차라리 그가 죽기를 바란 날이 여러 개였다. 죽으라고 정말 심장이 멈추어서 목숨이 끊어지라는 건 아니었고, 그렇다기보다 그녀의 세계에서 사라지기를 바랐다는 것인데 진짜 죽음이라고 한다면 어쨌든 그것도 그것대로 괜찮을 거란 말이었다.

가던 길을 돌아서 문 안까지 올 정도의 성실함으로 나타났다고 한다.

"저 밖에 내걸린 사진 주인의 연락처를 알 수 있을까요?"

아닌 게 아니라 사진관 문 앞에 내걸린 여자 사진을 보고 한눈에 반하여 대뜸 들어와 연락처를 물었다고 한다. 개인정보를 갑자기 나타난 누군지 모를 청년에게 줘버리는 건 무언가 싶지만, 이미 주었고 연락을 받은 사진 속의 그 여자는 그의 아내가 되었다. 그리고 이듬해 그 사진관 문 앞에 아이를 안은 그 여자의 사진이 내걸렸다. 그는 없었다. 없으려고 없었는지, 없어서 없었는지 모를 일이지만 가족사진이 될 뻔한 사진에 그는 없었다. 그녀에게 더 중요한 건 아니, 중요하다기보다 더 모를 일은 그래서 한 명인 줄만 알았던 아이가 사실 둘이었다는 것이다. 두 번째 아이와 사진을 찍지 않았을 뿐 그 여자와 낳은 자식은 두 명이었다. 두 명씩이나 있었던 것이다.

"다행이지 뭐니? 너와 내가 함께 이 앞을 지나도 다들 모르게 되었잖아. 저기에 내가 없는 바람에."

그녀는 어느 부분이 다행인가 싶었다. 함께 있어서 다행인 건지, 다들 몰라서 다행인 건지, 그가 다행인 건지, 그녀가 다행인 건지 아니면 그의 아내가 다행인 건지, 아이들은 다행일까? 그래서 그녀는 싫다고 그만두라고 했다. 이번엔 웃지 않고 말했다. 그렇다고 울거나 한 건 아니었고 아무 표정 없이 말했다.

"그냥 친구로 지내자는 거야. 친구나 하자고."
싫어요.

싫어요. 싫어요. 그녀는 울었어야 했던 걸까?

한 명인 줄 알았지만 두 명이었던 아이들과 명절을 보내고 연휴 마지막 날 저녁이 되어서 그녀에게 온 그는 함께 있는 시간을 집에서 보내자고 했다. 그날은 문 안까지 올 정도의 피곤함으로 나타났던 것이다. 그 와중에 영화를 보았는데 품에 안겼던 것 같지는 않고 나란히 앉아서 TV에서 방영 해주는 특선 영화를 보았다. 그녀도 좋아하고 그도 좋아한다

고 말했지만, 지금에선 진짜 좋아한 건지 모를 영화
였는데 외국 영화여서 모두 더빙이었고 그녀는 좋
아하지만 보기 힘들어 깜박하고 졸았다. 깜박하는
데 무언가 머리에 부딪혀 깨었더니 그가 내려다보
고 있었다.

"어렵게 시간 내서 왔는데 자 버리는 거야?"

그가 그녀의 머리를 내리쳤다. 내리쳤는데 무
엇으로 내리쳤는지 맞아서 정신이 혼미한지 자다
깨서 정신이 혼미한지 그녀는 정신이 혼미한 채로
머리를 어루만지는데 그는 천진하게 웃었다.

"같이 재밌게 봤으면 안 그랬잖아."

그가 몇 가지 간식을 들고 와 그녀의 곁에 앉았다.

"내기하자."

유명한 대사 때문에 유명한 영화였다. 그 대사
는 외국어 그 자체로 유명한 대산데 그 대사도 더빙
을 할 것인지 아닌지 내기를 하자고 했다. 그녀가
좋아하는 것을 하면서도 좋아하지 않는 이유를 잘
도 알아내어 다시 좋아하게 만드는 것이 그였다. 그
러니까 그의 문제는 아니, 따지고 보면 그녀의 문제
라고 하던 그의 문제는 늘 이런 식이었다. 그녀의

마음이 상하려 할 때쯤 그녀의 마음에 드는 행동을 한다는 것이다.

"네가 좋아하는 거잖아. 좋아했으면서. 좋아하니까 했지."

그녀는 좋았다. 그녀가 좋아하는 걸 했으니 안 좋을 리 없지만 좋아하는 걸 하는 것이 좋았던 것이다.

그건 그녀의 첫 번째 해외여행이었다. 해외여행이라는 것을 할 수 있을까 막연하게 꿈꾸던 그녀에게 기회가 왔고, 막연하게 꿈꿔왔던 곳으로 떠났다. 그녀가 좋아하는 그 영화의 배경이 된 곳이었다. 어느 곳에나 쌓여있는 눈은 그녀의 마음을 더 어려지게 했고, 그래서 더 들떴고, 처음 먹어보는 음식들도 좋았고, 사실 그냥 나무지만 굳이 찾아가서 본 이름도 잊어버린 그 나무들도 좋았고, 캐리어를 펼치면 발 디딜 데 없는 좁은 숙소도 좋았다. 숙소라면 고급 숙소에 가서 전통 의상도 입어보고 온천도 해보고 잘 차려진 저녁 식사도 먹어보았다면 더 좋았겠지만, 안 해본 지금은 지금이 가장 좋았던 그녀였다.

"서프라이즈!"

놀라긴 놀랐다. 해외에 가겠다고만 말해뒀을 뿐인데 이곳에 이곳 어디에 어디 작은 호텔의 호텔 작은 방에 작은 방 그녀에게 그가 나타났다. 그녀로서는 이번엔 그가 무엇으로 이 문 앞에 나타나게 되었는지 파악이 안 되었다.

"감동받았지?"

어느 부분에서 감동을 받았냐는 건지 감동이란 크게 느끼어 마음이 움직인다는 건데 지금 가장 좋은 마음이었던 그녀의 마음이 당혹스러운 마음으로 움직였으니 감동은 감동인 건가 싶어 그녀는 우물쭈물 고개를 끄덕였던 것 같다. 그는 그녀를 데리고 고급 숙소에 갔다. 전통 의상도 입어보고 온천도 해보고 잘 차려진 저녁 식사도 먹어보았다. 그녀는 좋았다. 해보니 좋았다. 다시 한번 말하지만, 그녀는 좋아하는 걸 하는 것이 좋았던 것이다.

개운하게 목욕도 했지만, 개운하지 않은 여행을 마친 그와 그녀를 어떤 남자가 마중 나왔는데 후에 그가 죽었다는 전화를 걸어올 그의 친구였다. 버스도 택시도 전철도 모두 원활하게 운행하는 대낮에 굳이 태워다주겠다고 공항 문 앞에 올 정도의 친

절함으로 나타났다. 그와 그의 친구가 함께하는 세
계에 그녀가 나타나도 되는지 아니, 그녀의 세계에
그의 친구까지 나타나도 될 일인지 의아했지만, 그
의 친구 차의 상석에 앉아 인천 앞 바다 어디를 바
라보며 그저 고단하다고 그녀는 눈을 감아버렸다.

"잠들었네."

"밤에 대단했나 봐? 제수씨 서운하겠어."

"어느 여자도 서운하게 하지 않아."

그녀는 잠들지 않았는데 그녀가 잠들었다 한
들 그녀의 잠과 그녀의 밤의 관계는 무엇인지 관계
가 있다 한들 밤에 무엇이 대단했는지 대단했다 한
들 그의 아내가 서운할 일은 무엇인지 그리고 서운
하지 않을 일은 무엇인지 아니 그러니까 어느 여자
는 누구이며 몇 명인 건지 그저 고단하다고 그녀는
눈을 뜨지 않았다.

그녀가 근처의 길가에서 내려달라고 괜찮다고
내려달라고 했지만, 그의 친구는 괜찮다고 계속 갔다.

"괜찮아요."

괜찮아요.

"괜찮아요."

괜찮아요.

"여기서 좌회전."

그는 자기의 친구에게 그녀의 집으로 가는 길을 정확하게 알려주었고, 집 앞에 차를 세워서 그녀는 안 괜찮았다. 더 안 괜찮아질 것 같아서 머뭇거리는데 시간이 길어질수록 그들은 더 괜찮아지는 것 같아서 그녀는 서둘러 내렸다. 그녀는 계단참에서 한 번 엘리베이터 앞에서 한 번 현관에서 한 번 멈추면서도 서둘러 올라갔는데 그들은 서둘러 가지 않았고, 그녀의 집에 불이 켜지고 나서야 출발했다.

"어디 가는데?"

그녀가 어디에 가는지 대답 못 할 이유는 없었지만, 왜 해야 하는지도 몰랐고 그렇다고 대답을 안 할 건 아니었다. 그녀는 그가 어디에 가는지는 궁금하지 않았어도 왜 그는 알려주지 않는지는 궁금했다. 하지만 그녀는 물어보지 않았고, 이어서 누구와 가는지 왜 가는지 그가 물을 때마다 대답해 주었다. 연말이 되어 그녀의 모임이 잦아지니 때마다 물어봤고, 말리자면 그가 그녀를 만나면 될 건데 그의 모임도 잦으니 말리지도 못하고 물어보는 일만 더 잦아졌다.

"사랑해서 그래."

그가 불안해서라든가 걱정돼서라고 하면 화를 내려고 했는데 당황스럽게도 사랑한다고 말하니까 그녀는 멈칫했고 소리가 나는 사랑이라는 단어를 들어 봤었나 싶어졌는데 아무리 생각해 봐도 처음인 것 같아서 그녀는 그대로 멈춰버렸다. 멈춰버린 그녀의 손에서 그는 휴대폰을 가져가서 몇 명의 전화번호를 알아갔다. 사랑이란 알아가는 것이구나. 상대에 대해 모르는 것 없이 알고 싶은 것이구나. 다 알고 싶은 것이 사랑이구나. 그래서 그랬던 것이구나. 그렇다면 대답해야 하는 것이 옳겠다고 그녀는 생각했다. 그럼에도 그녀가 지금 어디인지 몇 신줄은 알고 있는지 하는 질문에 대답하지 않았더니 그는 마치 수신음이 전화벨처럼 들릴 만큼 문자를 보내왔다. 그녀는 진즉에 집에 들어와 술기운과 함께 잠들어 있었는데 어딘지 불편한 음악 소리에 춤을 추다가 춤을 춘 건 꿈속이었고 불편한 음악 소리가 벨 소리였다는 것을 깨닫고는 얼른 전화를 받아 귀에 댔다.

"주변을 비춰봐."

큰 소리에 놀라 귀에서 떼어내고 보니 영상통화였는데 어두웠지만 집인 것을 확인한 그는 목소리가 작아졌다. 혼자인지 아닌지도 물으며 여자 혼자는 위험하다는데 둘이면 괜찮은지 둘이어도 위험하긴 한데 혼자면 괜찮은지 그래서 그녀는 혼자가 아니어야 하는지 혼자여야 하는지 헷갈렸지만 어쨌든 지금은 혼자라 하니 안심이라며 잘 자라고 끊었다. 안심이란 모든 걱정을 떨쳐 버리고 마음을 편히 가진다는 건데 어떤 걱정을 했었던 건지 알 수가 없었지만, 그가 마음이 편해졌다니 그래서 목소리가 작아졌다니 그래서 일단 오늘은 더 이상 전화를 안 한다니 그녀의 마음도 편해졌다.

그는 아팠다. 그 나이 즈음이면 으레 병이 한두 개 있다고들 하지만 조금 더 아팠다. 그래서 며칠을 보지 못했는데 그녀는 그가 아프다니까 조금의 연민으로 걱정은 되었고, 그렇다고 먼저 연락을 할 수는 없어서 핑계 삼아 하지 않았다. 이렇게 그냥 날아오른 나비처럼 저기 하늘 어딘가로 날아가는 나

비처럼 저 넓은 하늘 어디 있겠지만, 눈에는 보이지
않아서 없는 것과 같은 나비처럼 그렇게 사라지기
를 바랐는데 아닌 게 아니라 그녀의 머리 위의 하늘
에 있긴 있었던 그는 다시 그녀 곁으로

나

비

처

럼

날아들었다. 문 안의 문 안으로 들어올 정도의
연약함으로 나타났다. 그녀의 침대에 누워있는 그
는 정말 아프긴 했었는지 많이 야위었고, 약 때문에
머리가 다 빠져 그 모습은 보기 좋지 않았는데 그
때문인지 그녀의 모습은 더 보기 좋았다. 어딘가 한
층 밝아 보이는 그녀 모습에 그는 어딘가 불편했고,
그 불편함이 요의인 줄 알고 화장실 문 안으로 들어
갔다.

"이럴 줄 알았어. 내가 아프다니까 죽는 줄로
만 알았지? 죽기를 바랐지? 어떤 놈이지? 지난날

함께 술을 마신 그놈인가? 어느새 집까지 들인 거지? 그래서 그렇게 얼굴이 좋은 거지?"

그녀의 화장실에 칫솔이 두 개 놓인 탓이었다. 두 개의 칫솔이 무슨 의미이기에 그가 이렇게 화가 났는지, 칫솔을 바꾸고 헌 칫솔을 버리지 못했을 뿐일지도 모르고 그녀의 엄마가 오랜만에 딸의 집에 찾아와 이틀을 머물며 새 칫솔을 꺼내 놓고는 미처 챙기지 못하고 떠났을지도 모르지만, 사귀는 남자가 부정기적으로 하룻밤을 보내게 되어서 작정하고 칫솔을 마련해 뒀을지라도 그가 화를 내는 건 그녀로서는 당황스러운 일이었다. 그가 급기야 울기 시작했는데 비쩍 마른 몸으로 듬성듬성 날리는 머리털을 달고 한 손에 칫솔 하나를 꼭 쥐고 서서는 울고 있으니 그 모습에 그녀는 어쩐지 마음이 미안해져서 왜 치워놓지 않았을까 왜 거기까지 생각하지 못 했을까? 지금이라도 버려야겠다며 그에게 다가가 손을 뻗었다. 그때 그가 칫솔을 던졌고 그 칫솔이 날아와 그녀의 눈두덩에 맞았고 그대로 눈을 감아 아무것도 보이지 않는 그녀를 그가 밀쳤는데 앞이 보이지 않아 균형을 잃은 그녀는 더 쉽게 쓰러

졌고 쓰러진 그녀를 그가 올라타 연약해 보였던 손
으로 알고 보니 억셌던 손으로 그녀의 머리를 내리
쳤다. 그녀가 소리를 지르자, 그 억센 손으로 입을
틀어막았고, 칫솔을 다시 찾아 들어 어디를 때리는
지 그저 마구 내리쳤다.

딩동.
딩동.
똑.
똑.
똑.

불행인지 다행인지 그녀의 짧은 비명을 들어
서인지 이 시간에 전도라도 하려는지 누군가가 그
녀 집에 찾아왔고, 그가 멈추었다. 그녀의 울음도
멈추었다. 노크 소리도 멈추었다.
그리고
그렇게 아무 일도 일어나지 않는 저녁은 없었다.
어디를 가도 나비는 그녀의 머리 위 하늘에 있었다.
없는 줄 알았는데 어느새 그녀 곁으로

나
비
처
럼

날아들었다. 왜 꽃이 화려하고 난리냐고. 왜
꽃이 냄새를 풍기고 난리냐고. 왜 꽃이 뿌리내리고
난리냐고. 그녀는 몸이 떨리게 울면서 꽃잎도 떨구
고 냄새도 씻어내 보았지만, 나비가 와야 꽃이 아니
겠느냐고 나비가 와야 꽃이 피지 않겠냐고 나비가
와야 열매 맺지 않겠냐고 결국 다시 붙들리고 결국
다시 흔들렸다.

그녀의 두 눈에 광대에, 팔목에, 등허리에 떨
궜던 꽃잎보다 화려하게 새파란 멍들이 새겨졌다.
나을 거라는 기대도 할 수 없게 선명해지고 선명해
졌다. 덕분에 그녀는 일도 그만두고 연락도 두절하
고 문을 걸어 잠근 채 집에만 있었다. 잠글 수 있는
건 모두 잠그고서도 혹여나 싶어 문고리를 붙잡고
집에만 있었다. 노크하다가 비밀번호를 누르다가
덜컹 문고리가 돌아가는 것 같기도 했고, 그것이 그

인지 누구인지 몰라도 그녀는 모두 숨죽이고 문고리를 더 세게 붙들었다.

그의 죽음을 전해 들은 이후 아무 일도 일어나지 않아 책을 읽으려다 덮어버린 그 화요일보다 한달 하고도 며칠 전, 그날 그는 그녀의 집 문 앞에 서 있었다. 그는 문 안까지 들어오지는 않는 죄책감으로 열리지 않는 문 앞에 서 있었다. 비밀번호든 열쇠든 그녀가 아무리 바꿔도 열고 들어오던 문인데 오늘 막 또 비밀번호를 바꿔서 아직은 열 방법을 찾지 못해서인지 열 마음이 없어서인지 제발 나타나지 말아 달라는 그녀의 울음소리를 들으며 열리지 않는 문 앞에 서 있었다.

"그만할게. 다시는 나타나지 않을게. 너에게 줄 마지막 선물은 여기 두고 갈게."

돌아서는 발소리가 난 것 같았는데 아직 부스럭 소리도 난 것 같았고, 잘못 들은 건지 문 너머가 고요한 것도 같았다. 여태 그가 문 앞에 서 있었는지 앉아 있었는지 알 수 없었던 그녀는 지금 그가 돌아서 갔는지 아직도 있는지도 알 수 없었으니, 한참을 문에 대고 돌아가라고 소리쳤다. 그녀가 제풀에 지쳐 민망해졌을 때쯤 터질 것 같은 심장으로 문을 열었는데 그녀의 눈으로 무언가 날아들었다. 그것이 그녀의 눈두덩에 맞았고, 그대로 눈을 감아 아무것도 보이지 않는 그녀를 그가 밀쳤는데 앞이 보이지 않아 균형 감각을 잃은 그녀는 더 쉽게 쓰러졌고 쓰러진 그녀를 그가 올라타 연약해 보였던 손으로 알고 보니 억셌던 손으로 그녀의 머리를 내리쳤다. 그녀가 소리를 지르자, 그 억센 손으로 입을 틀어막았고 날아들었던 그것을 다시 찾아 들어 어디를 때리는지 그저 마구 내리쳤다. 그것은 장미꽃이었다.

　이번엔 그녀의 짧은 비명을 들어서인지 이 시간에 전도라도 하려는지 누군가 찾아오는 일은 없어 더 맞았는데 조금 더 맞다 보니 경찰들이 왔다. 그와 그녀가 열린 문 사이에 엎어져 있던 터라 노크할 일도 없이 그녀에게서 그를 떼어내 데려갔는데 그녀는 그대로 눈을 꼭 감고 누워있었다.

　그녀는 난생처음 경찰서라는 곳에 그곳에 가볼 거라고는 막연하게도 생각해 본 적이 없었는데 그 안에 앉아 몇 마디 보태었다. 절대 웃지는 않았고 아무 표정 없이 말했는데 그녀는 울었어야 했을까?

경찰들은 앞집 사는 사람이 신고를 하고 그 신고가 다음다음 신고에 밀리기 전에 겨우 문 앞에 도착할 정도의 의무감으로 나타났다. 그들은 한 여자 위에 올라타 웬일인지 장미꽃 한 송이로 여자를 마구 내리치던 한 남자를 잡았는데, 그들이 본 것은 문제가 아니고 그들이 받은 신고 전화는 소음 공해였다. 시끄러운 것을 조용하게 만들었더니 문제가 문제가 아니었다. 그래서 그녀는 돌아갔다. 그도 돌아갔다. 그는 한 명인 줄 알았지만, 두 명이었던 아이들이 있는 그 집의 문 안으로 들어갔고, 그녀는 그의 아내가 첫 번째 아이와 찍은 사진이 내걸린 사진관을 지나 재스민 나무가 혼자 비 맞으며 서 있었던 화원을 지나 계단참에서 한 번 엘리베이터 앞에서 한 번 현관에서 한 번 멈추어 앞집 문 한 번 보았다가 그녀의 집 문 안으로 들어갔다.

그가 언제 어디서 어떻게 왜 죽었는지 알 것이 아니었고 알고 싶지 않았고, 그저 죽었다는 것만 중요해졌는데 죽었으니, 그녀는 이제 아무 일도 일어나지 않는 밤이 계속될 거였고 덮었던 책을 펼쳐 나비 키스가 무언지 이해가 되고 안 되고 그것은 아무 상관도 없었고 보지도 듣지도 않는 TV를 켤 필요도 없게 됐다는 것이 중요했다. 그래서 그녀는 그녀도 모르게 웃음기 섞인 목소리로 '네'라고 대답해 버렸는데 듣자마자 수화기 너머 그의 친구가 물었다.

"괜찮아요?"
괜찮아요.
"괜찮아요?"
괜찮아요.
"만날래요? 술 한잔해요. 문 앞이에요. 위로해 줄게요. 위로해요."

그의 친구는 문 안까지 들어오려는 무식함으로 문 앞에 서 있었다. 웃었더니 좋은 줄 알고 좋아한 줄 알고 또 그렇게 그녀의 문을 두드렸다.

수수료

다달이 내가 그녀(년)에게 보낸 돈은 한화 삼백만 원. 그럼 그녀(년)는 미화 이천 오백 달러 정도 받게 된다. 그녀(년)가 내 아들을 데리고 미국으로 간 건 팔 년하고도 삼 개월 전이다. 그건 우리 세 식구가 함께 산 시간보다 조금 많다. 과연 식구라 할 수 있을까 말까, 한 정도라 가끔은 그녀(년)가 처음부터 미국에 가고 싶어서, 조기유학 핑계를 대려고, 애를 낳고, 애를 낳으려고, 나랑 결혼했나 싶기도 했다. 그렇게 매달 월급날이면 돈 보냈느냐는 연락을 잊지 않았는데, 분명 이번 달도 톡을 보내왔었는데 어찌 된 일인지.

어찌 된 일인지 그녀(년)가 대략 칠만 이천 달러 정도를 보내왔다. 그동안 내가 보낸 돈을 모았다고 했다. 한 푼도 건드리지 않았다고 했다. 이제는 보내지 말라고 했다. 모든 걸 끝내자고 했다. 어차피 남처럼 살았으니 남이 되자고 했다. 내가 아주 남처럼 느껴진 그 시점부터는 이 돈을 쓸 수가 없었다고 했다. 다만 끝내자는 말은 쉬이 할 수가 없어 두고두고 모으게 된 거라고 했다. 그녀(년)가 돈 먼저 보내놓고 내가 건 영상통화는 거절한 채 구구절절 장문의 톡으로 설명한 내용이다.

화가 난건 끝내자는 말 때문이 아니라 진즉에 말하지 않았다는 거였다. 내가 다달이 삼백만 원을 안 부쳤다면 술 약속을 거절해 대서 친구들과 어색해지지 않았을 건데 동창회에서 제명되지 않았을 건데 축의금 줄여가며 눈치 보지 않았을 거고, 팀원들에게 커피를 안 사주려고 바쁜 척하지 않았을 거고, 지난 배달 음식을 먹고 설사하지 않았을 건데. 못해도 주식을 매달 오십만 원 더했을 거다. 그런데 왜 그 말을 이년 반씩이나 미뤘느냐 말이다.

이년 반이면 삼십 개월. 삼백만 원 곱하기 삼십이면 구천만 원. 대략 지금 환율로 칠만 육천 달러인데. 오르락내리락하는 환율을 생각하더라도, 꼬박꼬박 모았다면서 사천 달러는 어디 갔을까. 사천 달러면 사백 칠십만 원 정도. 그렇다면 내 한 달 치 송금액보다도 많다. 아니면 삼백만 원은 약 이천 오백 달러니까, 이천 오백 달러 곱하기 삼십, 하면 칠만 오천 달러. 역시 삼천 달러 정도가 비고 이건 삼백 오십만 원인데, 역시 내 한 달 치 송금액보다도 많다. 수수료들, 수수료가, 모으면 원래 이렇게 많은가.

그녀(년)가 이런 짓을 할 수 있을 거라고 생각 못 했다. 그녀(년)에게 있어 극적인 것, 끝, 단, 극단 그런 것은 없었으니까. 언제나 중간, 회색에 미적지근했던 그녀(년)는 '응'이라는 대답도 꼭 '어엉'이라고 발음했다. '아니오'는 했었나? 뒤에 꼭 '뭐'를 붙여서 말을 흐렸던 것 같다. 그렇다고 좋아하는 것이나 싫어하는 것이 없었던 것이 아니라 애매하게 반응해 버려서 상대가 모를 뿐이었다. 하지만 나는 다 알고 있었다. 다 안다고 또 이해하는 건 아니었고 짜증이 났지만 넘어갔을 뿐이다. 넘어가지 않고 짜증을 부린다고 해서 달라질 그녀(년)가 아니었으며 때로는 그녀(년)의 그런 점을 이용해서 내 마음대로 해버리기도 했기 때문이다.

우리가 결혼한 것도 그랬다. 거의 내 마음대로
였다. 내가 결혼 생각이 들었을 때 그녀(년)는 직장
생활 오 년 차에 접어들었을 때였다.

"그 정도 일했으면 승진하고 싶지 않아?"

"딱히. 승진해 봐야 책임져야 할 것만 늘잖아.
그냥 이대로가 좋아. 적당히."

"일 재밌어 하는 거 아니었어?"

"그냥 하는 거지."

"하고 싶은 다른 게 있는 거야?"

"딱히. 같은 팀 선배가 회사 옮긴다길래 잠깐
생각해 봤는데 이직 준비를 하자니 그것도 귀찮더
라."

이직 준비도 귀찮고 현직에 흥미도 없던 그녀
(년)는 나와 결혼하겠냐는 말에 또 '어엉' 하고 대답
했던 것이다. 아니, '아니요'를 안 했을 뿐이었던 것
같다. 그렇게 내 마음대로 한 것과 같은 결혼이었다.

배가 고팠다. 비록 소리 없는 아우성이었지만
열을 냈더니 배가 고팠다. 혼자서 생활한 지 오랜
시간이 지났지만, 할 줄 아는 음식이 없어 매 끼니

배달 음식이었다. 기러기가 되기 전까지 혼자 살아
본 이력이 없어 할 줄 아는 음식이라곤 라면뿐이었
다. 혼자 지낼 날이 수일이고 앞으로 요리할 날도
수일일 터라 차근차근 배워보자 했는데 결국 이렇
게 되어버렸다. 엄마는 또 어떤가. 남의 집들은 시
도 때도 없이 반찬을 한 아름 싸줘서 처치가 곤란이
라던데 하나뿐인 아들이 장가를 가자마자 드디어
뒤치다꺼리에서 해방이라며 본인의 살림마저 손을
놓아버렸다.

대한민국은 배달의 민족이라고 우스갯소리까
지 해댈 정도로 배달은 당연히 서비스인 나라였는
데, 그 배달의 민족을 '배달의 민족'으로 만들더니
이제 배달료를 받는다. 하긴 처음부터 '서비스=0원'
이라는 말은 없었다. 그게 얼마였든 영업주가 내고
있었다는데 왜 이제는 내가 내야 하는 건지. 뭐든
시켜 먹을라치면 추가로 내야 하는 배달료 이삼천
원이 아깝다. 그래도 인터넷쇼핑은 얼마 이상 구매
하면 배송료를 깎아주는데 왜 배달료는 꾸역꾸역
받아내는가. 무엇보다도 중국집에 내는 배달료는
더없이 서운했다.

1년 365일, 적어도 하루 한 끼는 시켜 먹었으니 이 배달료만 모았어도 두어 달 치 월급과 맞먹을 테다. 나름 이 배달료를 아낀다고 머리를 굴린 것이 한 번에 두 끼를 해결할 수 있도록 시키는 것이었다. 예컨대 부대찌개라든가 감자탕 같은 하루 지나 오래 끓여도 괜찮은, 오히려 더 맛있는 메뉴를 시켜서 나눠 먹는 것이다. 오늘 같은 날은 소주까지 함께 시키면 딱이었다. 열을 받은 것도 맞지만 금요일 밤이니 실컷 먹고 내일 느지막이 일어나 남은 국물에 밥이나 비벼 먹고 다시 자면 될 것이다.

　　"아! 잠시만요. 이 카드로 결제해 주세요."

　　도착한 배달원에게 결제하려고 카드를 건네는데 얼핏 KIM UN JOO라고 적힌 것을 보고 다급히 제지했다. 김연수와 김언주. 나와 그녀(년)의 이름이다. 실수로 그녀(년)의 카드를 꺼낸 것이다. KIM YUN SOO가 양각된 카드를 다시 건네고 돌려받은 KIM UN JOO 카드는 슬며시 구겨버렸다. 폐기해버려야지. 이름은 왜 비슷해서 말이야, 왜 헷갈리게 하고 말이야. 너 때문에 헷갈린다고, 헷갈려서 짜증 난다고 괜히 시비를 걸었었다. 스무 살의 동기는 여전히 철이 없어서 출석만 부르면 우리를 놀려댔다. 생각해 보면 그건 나이는 상관이 없는지 교수님도 놀리는 데에 한몫했다. 성씨라도 다르면 저 멀리 떨어졌을 것을 하필 또 같은 김 씨라 나란히 붙었더랬다. 누가 엮지 않아도 엮일 운명이었다고 그때는 생각했다. 운명이라고. 철없긴 나도 마찬가지라 시비를 거는 걸로 관심을 표했던 건데 철없긴 걔도 마찬가지라 홀랑 넘어와서 캠퍼스 커플이란 것을 하게 된 것이다.

학기 초에 캠퍼스 커플이란 것을 하면 지는 벚꽃과 함께 헤어진다던데 우리는 몇 번의 벚꽃을 보았는지, 아무렴 천생연분이었던 걸까. 내가 하고 싶은 건 언주도 하고 싶어 했다. 아니, 하고 싶어 했다기보다 다 해주었다. 언제 어느 때고 언주는 '어엉' 하고 내 연락을 받았다. 술을 마실 땐 주는 족족 잘 받아 마셨고, 영화를 보자고 해도 장르와 관계없이 즐겼으며, 모르는 가수의 노래를 들려줘도 쉬이 흥얼거리고 고개를 까딱거렸다. 뭐든지 일단 다 함께 해주니까 언주의 흥미라든가 관심이라든가 호불호에 상관없이 내 마음대로 할 수 있었다. 내 쪽에선

이런 관계를 마다할 이유가 없었고, 언주야 무얼 표
현하는 일이 없었으니 오래오래 지속됐을 수밖에.

"영화 보러 갈래?"

"어엉."

"이 배우 전작 봤어? 지난달에 개봉했던 거."

"나 너랑 본 영화가 마지막이야."

"뭐였지?"

"작년 겨울에 본 거."

애는 같이 놀 친구가 없는 건지 노는 건 나랑만
하고 싶은 건지, 작년 겨울에 본 영화라 함은 내가
말년휴가를 나왔을 때 얘기였다. 나의 군 생활도 꼬
박 기다린 언주는 그동안 뭘 했을까? 기다리려고 기
다렸을까? 기다리다 보니 기다리게 된 걸까? 어쨌
든 내게 언주가 기다리고 있었다는 건 안심이었다.
당시 내겐 불안한 것투성이라 언주라도 그 자리에
있다는 건 정말 큰 위안이었던 것이다.

이 박스라든가, 이 플라스틱 그릇이라든가, 수
저도 넣지 말라고 했는데. 필요한 포장만 해서 주
면, 이것들 빼고 주면 배달료 이천 원쯤은 안 받아
도 된단 말이다. 돈도 돈이지만 이건 또 쓰레기 아

닌가. 이런 생각들과 함께 배달 온 음식들을 펼쳐내며 영화를 틀었다. 언주랑 내가 처음 극장에 가서 본 영화다. 오늘 같은 날 뭐, 언주와의 추억에 젖었다거나 해서 고른 건 아니고 IPTV에서 제공하는 무료 영화 카테고리에서 고르자면 옛날 영화를 고를 수밖에 없다.

영화가 시작되고 김치찌개를 한 숟가락 뜨는 순간 아차 했다. 더 맛있는 거 시킬걸. 내가 지금 칠만 이천 달러를 가졌으면서 그깟 배달료 이천 원을 아끼겠다고 궁상을 떨었다. 거기다가 영화의 시작부터 스물한 살 우리의 그날이 생각나지 않을 수 없었다. 괜히 짜증이 났다. 호기롭게 찌개를 버리고 새로 주문할까 싶었지만 또 그렇게까지 낭비할 일은 아닌 것 같아서 영화만 다시 골랐다. 이틀 동안 관람하는 데 만 천 원이 드는 최신작으로.

'아직도 생각나요. 그 아침 햇살 속에

수줍게 웃고 있는 그 모습이

그 시절 그땐 그렇게 갈 데가 없었는지

언제나 조조할인은 우리 차지였었죠

돈 오백 원이 어디냐고 고집을 피웠지만

사실은 좀 더 일찍 그대를 보고파'[**]

"이 노래, 딱 우리 같지 않아?"

어젯밤 라디오에서 녹음해 온 노래를 들려주며 언주에게 물었다. 연애할 때 듣는 가요란 전부 자기 노래 같은 법이지만, 그 시절 우리에게 이 노래는 특히나 더 우리 노래 같았다. 돈이 없는 대학생 커플이었던 우리에게 데이트란 늘 조조영화를 보는 것이었기 때문이다. 나는 일찍이 부모가 이혼하고 엄마랑 단둘이 살면서 집에서 내 여가까지 책임질 돈이 없었고, 언주는 지방에서 올라와 혼자 학비에 생활비를 벌고 있던 터라 데이트할 돈은커녕 시간도 없었다. 그런 우리에게 조조영화가 딱이었으니. 그럼에도 가끔은 남자로서 민망해졌는데 마침 나온 이 노래는 좋은 핑계를 마련해주었다.

그렇게 영화가 보고 싶어서, 또는 서로가 보고 싶어서 아침 일찍부터 영화관에서 만났다. 노래 가사처럼 손님이 뜸한 극장 뒷자리에서 처음 언주의 입술을 느끼기도 했다. 함께한 아침의 시간이 쌓여

[**] 이문세, 〈조조할인〉

118

갈수록 함께 좋아하는 것들이 늘어갔고, 함께 싫어가는 것들이 늘어갔다. 그리고 역시 노래 가사처럼 우리가, 나와 언주가 함께한 순간은 이제 주말의 명화가 되었다. 그리고 우리는, 나와 그녀(년)는 그 주말의 명화를 지겨워하는 사이가 되었다.

한참을 울려대는 벨 소리에 깼다. 아침 햇살이 어제 먹다 남긴 김치찌개와 소주병을 비추고 있었다. 영화는 끝까지 본 기억이 없는데 역시나 TV는 켜진 채로 IPTV 광고가 반복되고 있었다. 밤새 낭비됐을 전기세가 먼저 떠올랐다. 그래도 이렇게 일찍 일어날 생각이 없었는데, 무슨 일로 토요일 아침부터 전화가 울려대는지 짜증스럽게 휴대폰을 찾았다. 김 대리였다.

"죄송합니다, 팀장님."

도대체 죄송할 일을 왜 만들어 놓고 주말 아침부터 전화하는지 역시 짜증이 났다. 월요일에 배포하기로 한 홍보 책자가 오탈자가 난 채로 인쇄됐다고 한다. 무려 이천 부인데 재인쇄를 하자니 파쇄비용에 재인쇄 비용까지 예산보다 두 배 가까이 든다고 하여 스티커로 오탈자만 덮기로 했다고, 그래서 팀원들 모두 출근시켰다고, 업체에 붙여달라고 하니 장당 오백 원씩을 달라고, 싸게 쳐준 거라며 빨리 결정하라기에 아침부터 전화를 돌려 모두 출근시켰다고, 아주 잘 해결한 것 같다고 김 대리가 말했다. 한숨은 숨기고 알겠다,고 나도 곧 가겠다, 하고 끊었다.

영화는 어디서부터 못 봤는지 모르겠다. 틀어 놓은 영화와 관계없이 자꾸 옛날 생각이 나서 소주를 연거푸 마셨는데, 그러다 조금 운 것도 같다. 사놓은 영화는 이틀, 48시간에 만 천 원, 어제저녁 8시쯤 결제했으니 일요일 저녁 8시까지 마저 봐야 할 텐데 오늘 출근을 하고 나면 시간이 별로 없다. 지금이야 일요일은 별일이 없지만, 어제오늘 내게 계속 예측 못 한 일들이 벌어지고 있으니 알 수가 없다.

사무실엔 정말 팀원들 모두 나와 있었다. 들어서자마자 김 대리 빼고 모두 원망의 눈초리로 내게 인사를 건넸다. 저들을 불러낸 건 김 대린데 다 내가 결정한 일 같은 건 그간 내가 그랬기 때문이겠지. 아니나 다를까 김 대리가 뿌듯해하며 떠들었다.

"팀장님! 제가 인쇄소 연락을 받고 얼마나 아찔했는데요. 근데 팀장님 생각이 났습니다. 왜 저번에도 인쇄 잘못됐는데 제가 다시 뽑는다고 했다가 된통 혼난 적 있잖아요? 그때 팀장님이 스티커 뽑아 오셔서 저희 밤새 붙이고. 그날 생각이 났어요. 우리만 고생하면 돈 아낀다고 쓸데없는 데에 낭비하지 말라고 하셨잖아요. 비록 실수는 했지만 돈도 아끼고! 주말까지 얼굴도 보고! 돈독하게. 주말이니까, 저희 초과 근무 수당 받을 수 있죠?"

"우리 홍보비 남잖아. 그냥 다시 뽑지 그랬어."

김 대리가 살짝 당황한 것 같았지만 어쩐지 계속 호기롭게 말하고 싶었다. 홍보비가 남은 것도 사실이고, 오늘 이 일은 내가 벌인 일이 아니란 걸 알리고도 싶었다. 그리고 내게 칠만 이천 달러가 있다는 사실이 이런 일을 대수롭지 않게 만들기도 했다.

"다들 주말에 쉬고 싶었을 텐데 말이야. 수당 그게 중요하겠어? 받기야 받겠지만. 김 대리, 우리 넉넉하게 일하자. 다들 고생하니까 오늘 점심은 내가 살게."

팀장으로서 가장 하고 싶었던 대사였다. 원래는 커피를 사려고 했지만 내 말에 내가 취해 우쭐해져서는 점심을 산다고 말해 버렸다. 하지만 괜찮다. 내게는 지금 칠만 이천 달러가 있다.

말하는 것만으로도 희열을 느꼈는데 실제 점심값을 계산할 때의 쾌감은 엄청났다. 이런 게 돈 쓰는 맛인가. 이 돈이 맛있는 건가. 뭔가 이렇게 마구 써버리는 게 그녀(년)에게 한 방 먹이는 느낌이 들기도 했다. 혼자만 쿨한 척 돈을 보내버리면, 내가 이 큰돈을 받아 들고 어쩔 줄 몰라 할 줄 알았겠지? 내가 원래는 이렇게 팀원들 점심도 마구, 어? 마구 사줄 수 있는 사람이라고, 어? 그래서 기분에 커피까지 풀코스로 쏘게 됐다. 눈치껏,

"나는 바닐라 라테에 샷 추가. 비싼 거 시켜들."

이라고 먼저 말하고 김 대리에게 카드를 건네기까지 했다. 역시 눈치껏 작업을 조금 돕다가 사무실을 나왔다. 내가 없는 게 저들에겐 더 편하려니, 더 수월하게 일을 끝마칠 것이다.

사실 조금 일찍 나와야 할 이유가 있었다. 주말이면 회사 건물은 주차비를 내야 하기 때문이었

다. 서울에서 차를 가지고 다닌다는 건 지옥을 나다니는 일이었다. 러시아워니 교통 체증은 둘째 치고 주차할 수가 없다. 깜박하면 일이만 원이 나가는 게 서울 주차비다. 그럼에도 어쩔 수 없이 내야 했으므로 회사가 들어와 있는 이 건물도 그 어쩔 수 없는 돈들을 받아내기 위해 주말엔 주차장을 개방했다.

그날은 모처럼 둘만의 외출을 한 날이었다. 오랜 연애 끝에 한 결혼이라 신혼에 큰 기대는 없었지만, 결혼식을 올리고 이듬해 아이가 태어나면서 정신도 없었다. 그런 와중에 서울에 올라온 처제가 아이는 자기가 보겠다며 우리를 집 밖으로 내쫓으면서 하게 된 외출이었다. 얼떨결에 차를 끌고 영화관이 있는 쇼핑몰까지 나왔지만 뭐가 제대로 안 되는 날이었다.

보고 싶었던 영화는 시간이 맞지 않았고 시간이 맞는 영화는 어렵게 생긴 시간을 써버리기엔 보고 싶지 않았다. 쇼핑을 해볼까, 했더니 어차피 요즘 새 옷 입을 일이 없다며 몇 군데 들락거리다가 말았다. 어영부영 시간은 잔뜩 흘러서 이제 뭘 하기에 애매하게 됐다. 커피숍이라도 갈까, 했더니 커피

마시기엔 늦었고 다른 음료를 마시자면 너무 비싼데 그러기엔 잠깐 앉아 있어야 한다고 해서 그것도 그만두었다.

"그럼 슬슬 집에 가자."

"어엉-"

"근데 주차 때문에 영수증 만들어야 할 텐데. 살 거 없어?"

언주는 살 게 없다고 했다. 주차비를 생돈으로 내느니 뭐라도 하나 사는 게 나을 거 같아서 나는 괜히 사야 할 것, 사고 싶었던 것, 살까 싶은 것들을 생각해 댔다. 오랜만에 들른 서점에서도 어쩌면 읽고 싶은 책이 없어서 쇼핑몰을 빠져나오는 길에 매대에서 1+1 핸드크림을 샀다. 언제라도 필요는 할 테니까 아주 낭비는 아니라고 합리화하면서.

"아, 나 우유 산다는 걸 깜빡했다."

주차장을 빠져나오자마자 언주가 말했다.

"뭐?"

"자기, 아침에 먹을 우유 없는데."

언주는 이렇게나 무심했다. 순간 화가 나서 브레이크를 밟을 뻔했지만, 언뜻 고개를 돌려 바라본 언주의 옆모습은 어느 때보다도 무채색이라 바로 누그러들었다. 이렇게나 무심한 언주가 아이를 키우느라 정말 정신이 없는 것 같아서 나는 언주가 안쓰러울 뿐이었다.

전부 칠만 이천 달러 때문이다. 칠만 이천 달러 때문에 주차 하나에도 그녀(년)를 떠올리는 것 같다. 무방비 상태로 옛 기억들이 끼어드니까 감당이 안 된다. 애틋한 기억들이 애틋해서 짜증이 났다. 아무래도 이 칠만 이천 달러를 없애야겠다고 생각했다. 이 돈을 써버리는 희열과 쾌감으로, 그녀(년)에게 한 방 먹이는 기분으로 나를 공격해 오는 기억을 지워야겠다고 생각했다.

우선 차에 기름을 가득 채웠다. 아마도 이 차를 산 이래 처음이 아닐까 싶다. 주유소에 들어서며 리터당 얼마인지 확인해 보지도 않고, 내게 보너스 카드가 있는지 없는지도 따져보지 않았다. 지나던 길에 보이는 곳으로 망설임 없이 들어갔다.

첫 차를 뽑고, 우리는 굉장히 신이 났었다. 마침 아이도 차에 빠져 장난감 자동차를 모으던 때라 크고 반짝반짝한 새 차를 보고 무척 흥분했었다. 그

길로 우리는 통영으로 떠났다. 통영이 가고 싶어서
라기보다 갈 수 있는 가장 먼 곳이라고 생각했기 때
문에 통영에 가자고 했다.

"통영에 가면 충무김밥을 먹으래."

"어엉."

"바닷가니까 해산물도 먹을까?"

"어엉."

주로 내가 말했고 언주가 대답하는 식이었다.
얼마 뒤 아이가 잠들고 언주마저 잠들었다. 노래도
부르고 혼잣말까지 하며 잠을 쫓았다. 그렇게 밤새
워 운전해서 아침 일찍 통영에 도착했다.

첫 끼니로 유명하다는 해산물 요리를 먹기 위
해 찾아갔다. 이른 시간부터 길게 늘어선 줄을 보
고 먹을래, 말래 물었지만 '그냥 뭐'라고 흐리멍덩
하게 대답해 버려서 나 좋을 대로 먹어보기로 했다.
한참을 기다려 점심쯤이 돼서야 그 음식을 먹고 났
을 때, 언주는 사실 해산물을 안 좋아해서 맛이 없
었다고 말했다.

묵직해진 차를 끌고 늘 올려다보기만 하던 백
화점으로 향했다. 백화점까지 가는 그 짧은 길도 토

요일 오후라고 차가 꽉 들어찬 바람에 가다 서기를 반복하느라 기름이 뚝뚝 떨어지는 게 느껴졌다. 하지만 그마저 희열이었다. 아무거나 살 것이다. 다른 브랜드와 뭐가 다른지, 인터넷에서 최저가는 얼마인지 이거저거 따지다가, 따지다 보면 원래는 필요 없었던 게 되어버려서 사지 않았던 그런 물건들을 다 살 것이다.

　같은 화장품 브랜드의 제품도 집 앞의 대리점과 백화점의 그것들은 가격이 다르다. 단순히 임대료의 문제는 아니다. 품질이 다르다. 생산 공장과 생산 라인부터가 다르다. 백화점 납품용을 생산하는 곳의 컨디션은 대리점 납품용을 생산하는 곳의 컨디션보다 훨씬 좋다. 아마 들어가는 물질에도 차이가 있지 않을까 싶다. 심지어 샘플용을 생산하는 곳은 주 공장도 아닌 하도급이며 컨디션이라 말하기도 무안할 만큼 환경이 좋지 않다. 그럼에도 이 브랜드의 화장품은 살 엄두가 안 나서 회사로 들어온 샘플들을 그러모아 써보기만 했다. 매장에 들어서자마자 유창하게 제품명을 말하고 바로 구매하겠다고 했다. 점원은 그 기회를 놓치지 않고 함께 쓰면 좋은 제품과 새로 나온 제품을 추천했다. 나는 좋다고 함께 달라고 했다.

이월 상품들을 모아놓은 행사장은 꼿꼿이 지나쳤다. 이제 막 겨울이 시작됐음에도 대부분의 브랜드들이 벌써 S/S시즌 제품들을 내놓았다. 나는 세일이라곤 0.1%도 할 생각이 없는 그런 신제품들만 골라 샀다. 쇼핑백을 바리바리 들고 있는 꼴이 칠만 이천 달러를 가진 자에게 어울리지 않는 것 같아서 잠깐 차에 다녀오기까지 했다. 신나는 쇼핑의 마지막은 백화점 식품 코너에서 먹어본 적도 없는 열대과일을 사는 것이었다. 맛이 어떤지 제값이 얼마인지도 모르지만 그럴듯해 보이는 것으로 한 박스 사들었다.

가득 찬 트렁크를 보니 조금 흠칫해서 시동을 걸기 전에 잔액을 확인해 보았다. 승인내역이 여럿이었지만 잔액은 애초에 있던 돈에서 티도 안 나는 정도였다. 갑자기 돈을 쓴 거 같지도 않은 기분이 들었다. 그래서 친구 명수에게 전화를 걸게 됐다.

"줄 게 있어. 만나자. 술 한잔을 해도 좋고."

"네가 웬일이냐?"

"내가 뭘. 술 한잔을 하자라는 게 왜."

"기다려 봐. 애 엄마한테 물어보고 톡 할게."

술 한 잔을 못 한다고 해도 저 열대과일이나 주고 오자는 생각으로 일단 명수네 동네로 향했다. 그렇다곤 하지만 가까운 거리는 아니었다. 명수네는 지금 이 백화점으로부터도 멀었지만 명수네에서 우리 집으로 돌아가는 길도 멀었다. 명수는 서울의 끝, 혹은 경기도의 시작에 살았다. 애초에는 시골이라 불리던 곳이지만 서울의 집값에 기함하고 밀려난 명수같은 사람들이 하나둘씩 몰려들어 살기 시작하더니 지금은 서울 못지않게 비싸진 동네였다. 덕분에 명수는 꼼짝 못 하고 여전히 그 동네에 머물며 긴 출퇴근을 해내고 있었다. 우리 집은 또 서울이지만은 서울보다 북한이 가까운 동네라 서울 시내에서도 한참이지만 명수네에 다녀오자면 정말 고된 여행길이 되고 말았다.

그래서 명수를 잘 안 만난 건 아니었다. 친구와 술 한 잔 기울이는 데 거리가, 그 이동시간이 무슨 상관이겠는가. 문제는 앞서 말한 대로 명수네 동네가 서울 못지않게 비싸졌다는 것이다. 그 동네에서는 어딜 들어가도 술값이 우리 동네보다 이삼만 원 더 나왔다. 게다가 명수의 눈높이도 만만치 않게 올라 거기서 또 일이만 원 비싼 데서 술을 먹곤 했다.

"참치?"

"오랜만인데 그 정도는 먹어야지. 내가 살게."

"로또라도 됐냐?"

그녀(년)의 이 돈은 로또인가. 지금 가진 금액이야 로또 당첨금보다 적다지만 앞으로 더 돈 들 일이 없다고 하면 가치가 그 이상인데 로또인가. 내가 그녀(년)와 아들을 잃은 건 로또냐 말이다. 울컥해서, 아니 정말로 울었는데, 꺼이꺼이 소리 내가며 명수에게 자초지종을 모두 털어놨다.

"로또네. 난 애 엄마랑 애들이 사라졌으면 좋겠어. 거기에 그 큰돈까지 생겼으니 로또네. 야, 인마, 좋아서 우는 거지?"

명수는 8년 전 내가 그녀(년)와 아들을 미국으로 보낸 날에도 같은 말을 했다. 로또라고. 자기는 애 엄마랑 애들이 사라졌으면 좋겠다고. 하지만 그때의 나는 울지 않았다. 그땐 그들이 사라졌다고 생각하지도 않았고, 그들의 부재가 돈으로 돌아오지도 않았었다. 그때와 지금, 그녀(년)와 아들이 내게 없다는 사실은 변함이 없는데, 다만 칠만 이천 달러가 생겼을 뿐인데 왜 지금은 이렇게 눈물이 나는 걸까.

대부분에 무심했던 언주가 예외적으로 열정적이었던 것은 육아였다. 아이를 갖기 위해 특별히 노력하진 않았다. 우리의 결혼처럼 그냥 순차적으로 자연스럽게 아이가 생겼고 그냥 그렇게 낳았다. 아들이었으면 좋겠다느니 딸이었으면 좋겠다느니 바람을 나눈 적도 없었다. 그냥 그렇게 나온 아이였다. 하지만 아이가 나온 후부터 언주는 이런 아가로, 이런 어린이로, 이런 학생으로, 이런 어른으로 키우겠다고 열정을 보였다. 내 쪽에서야 남편으로서도 애아빠로서도 흐뭇했을 뿐이었다.

나도 언주도 중고교 시절 우등생이란 소리를 들으며 소위 말하는 '인서울'의 대학에 다녔지만, 나중에야 우리가 깨달은 건 우리의 공부 실력은 어설펐다는 것이다. 입학할 때야 개천에서 용 난 줄 알고 상경했지만, 졸업 후 서울살이는 녹록지 않았다. 취업에도 우리의 학력은 어설퍼서 어설픈 직장을 얻었기 때문에 어설프게 살게 된 것이다. 그 바람에 언주는 우리 아들은 어설프게 만들지 않겠다며 우리의 처지보다도 많은 돈을 들여가며 교육에 열과 성을 보였다.

돈에 거짓은 없다는 것이었다. 언주 논리로 자본주의 사회에서는 모든 것이 돈이었고, 지식도 돈으로 사야 하므로 많은 돈을 투자해야 맞는 것이고, 심지어 마음도 돈으로 사야 하므로 선생님의 관심에까지 투자해야 하는 것이라고 했다. 일례로 학생주임에게 촌지를 주던 여고 동창이 수시로 서울대에 갔다고, 지금 한강이 보이는 고층 아파트에 살더라는 이야기를 했다.

그런 언주가 아이의 유학을 얘기한 건 자연스러운 일이었다. 별로 놀라지는 않았지만 걱정이었다. 우리의 살림살이가 아이의 유학을 감당할 만큼도 아니었거니와 아이가 조금 어리지 않은가 싶었던 것이다. 그리고 겨우 이룬 내 가정, 언주와 아들과 떨어져야 한다는 것이 걱정이었다.

언주는 언제 그렇게 준비했는지 아이가 진학할 학교와 그곳에서 생활할 곳, 그리고 모아둔 돈을 어떻게 활용할지와 앞으로 들일 비용을 어떻게 충당할지 설명했다.

"내가 한국에서 돈을 벌어야겠지? 그러니까 그, 기러기 아빠가 되는 거지?"

"어엉-"

다른 이야기들은 똑 부러졌던 것 같은데, 다 확실했던 것 같은데 내가 남아야 한다는 말은 또 '어엉'이라고 대답했다. 그래서 나는 언주도 아쉬워한다고 생각했다. 그렇게 생각했지만, 가장으로서의 책임감으로 내 걱정은 숨기고 언주 너는 걱정하지 말고 떠나라고 했다. 아이를 위해서 말이다. 그리고 언주의 그 열정을 위해서 말이다.

"어엉-"

그녀(년)의 습관이었음을. 어쩌면 그녀(년)의 예외적인 열정은 이미 오늘을 예측했었음을.

사라지지 않는다. 그녀(년)가 보낸 칠만 이천 달러가 아직도 잔뜩 남았다. 돈이 원래 이런 거였던가? 아끼고 아낀다고 할 땐 늘 돈이 없더니, 펑펑 써댄 오늘은 돈이 왜 이렇게 많은지 아직도 잔뜩 남았다.

명수네 집에서 우리 집까지 대리를 이용해 왔다. 명수가 자고 가라는 것을 구태여 집에 가겠다고 우겼다(고 한다). 대리 기사야말로 로또 맞은 기분이었을 거다. 얼마나 마셨는지 어떻게 집에 들어와 누웠는지 또 기억나지 않았지만, 이번에는 일요일 오후 느지막이 일어났다. 깨우는 전화도 아침 햇살도 없었다.

　머리가 깨질 것 같아서 소파에 누워버렸다. 누운 채로 칠만 이천 달러를 떠올렸다. 아직 트렁크에 있을 쇼핑백들과 유효기간이 얼마 남지 않은 IPTV 영화도 생각났다. 하지만 가지러 갈 힘도 감상할 힘도 나지 않았다. 계속 눈을 감은 채 칠만 이천 달러만 떠올렸다. 해장이나 할 요량으로 아직 거실에 놓여 있는 남은 김치찌개 뚜껑을 열었다.

　김치찌개는 멀쩡해 보였지만, 순간 비위가 상했다. 꾸역꾸역 버텨온 것들, 그러기 위해 야금야금 지불해온 대가들이 역겹게 느껴졌다. 그대로 김치찌개를 버리면서 집 청소를 시작했다. 그녀(년)와 아들의 자국들을 지워나갔다. 휑한 집의 유일한 데코였던 그들의 사진과 방학 때 한국에 들어와 잠깐을 머물면서 두고 간 그들의 옷가지와 사다 놓고 먹지 않은 한국 과자, 그리고 가끔 보내온 엽서들을 내다 버렸다.

　우습게도 그래봐야 50리터짜리 종량제 봉투 하나도 다 차지 않았다. 차 트렁크에 들어있는 쇼핑백들이 더 많았다. 그것들도 모두 내다 버렸다. 혹시나 하고 큰 봉투를 한 묶음이나 사 왔는데 한 장 반만 쓰게 됐다. 없애는 데 약 삼천 원이 든 셈이다. 그렇다. 없애는 데에도 돈이 드는 것이다. 그녀(년)가 나를 없애는 데에 칠만 이천 달러를 보낸 것처럼 나도 그녀(년)를 없애는 데 돈을 써야 했다.

　저녁 8시가 지나면서 IPTV 영화도 만료됐다.

　월요일 아침, 회사엔 반차를 이야기해 놓고 은행을 찾았다. 은행 문이 열기도 전이었다. 셔터가 올라갈 때 그 앞에서 발을 동동거리다가 내 키 정도 열렸을 때 안으로 들어갔다. 대기표를 뽑자마자 창구에서 불렀다.

　"전부 달러로 인출해주세요."

　"달러로요?"

　"네. 전부 달러로 바꿔서 이 가방에 담아주세요."

　가장 큰 가방을 찾다가 발견했다. 가지고 있는 가장 큰 가방이라곤 8년 전 그녀(년)와 아들을 미국에 보내고, 홀로 원룸으로 이사를 하면서 짐을 챙겼던 이 가방뿐이었다. 풀옵션 원룸이라 챙길 것이 별로 없었던 터라 내 상체만 한 이 가방으로 충분했다. 그 후로 옷장 깊숙이 넣어놓고 한 번도 꺼낸 적이 없었는데 왜 이렇게 낡았는지 모르겠다. 하지만 이 많은 돈을 담을 가방은 이뿐인 것 같아 챙겼다.

은행에 달러가 부족해 다른 지점을 한 군데 더 들려야 했다. 역시 많은 돈이었나 보다 했지만, 생각보다 가방이 가득 차지는 않았다. 무게도 양손을 쓰면 거뜬하게 들 수 있었다.

은행을 나서는데 눈이 내리기 시작했다. 서둘러 명수네 동네로 향했다. 수수료란 게 그렇지 않나. 케이크를 자르다 빵 칼에 묻는 크림처럼 의식하지 못한 채로 사라지는 것, 다시 돌아오지 않는 것. 나의 수수료 칠만 이천 달러도 그렇게 사라져야 했다. 다시 나에게 돌아오지 않아야 했다. 많은 곳을 떠올려 봤지만, 명수네 동네가 좋을 것 같았다. 거리가 멀었던 것도 좋았고 다시 갈 일이 없는 동네란 것도 좋았다. 그러나 점점 더 거세지는 눈 때문에 길이 밀리는 게 문제였다. 이렇게 명수네 동네까지 간다면 회사로 돌아갈 시간이 촉박해질 것 같았다. 서울을 벗어나자마자 고속화도로를 빠져나와 한산한 길을 찾았다. 그렇게 도착한 곳은 경기도 외곽의 오래된 동네였다.

주위를 둘러보았다. 모든 게 새하얘지면서 가방을 숨길, 아니 둘 곳은 없어 보였다. 살짝 망설였지만 그대로 첫 번째 보인 집의 담벼락에 칠만 이천 달러가 든 이 낡은 가방을 버렸다. 계속 내리는 눈에 이 가방도 새하얘지길 바라면서. 이 내 머릿속도 새하얘지길 바라면서.

캐서린의 속도

속도란, 물체의 단위 시간 내에서의 위치 변화로 크기와 방향을 갖는다. 흔히 말하는 인생의 속도라는 건 빠르기를 일컫겠지만 방향 역시 지니지 않을까, 라고 생각한 건 캐서린과 친해진 후였다. 그 애는 항상 우리보다 빨랐고, 우리가 가는 방향과 달랐다. 언제나 우리가 가늠할 수 없는 속도로 나아갔다. 중3 겨울방학을 기다리던 어느 날 자신을 영희가 아닌 캐서린이라 불러달라고 했던 것부터 대학 졸업을 앞두고 결혼을 해버린 것까지. 이번에도 나는 전혀 예상할 수 없었다.

몇 년 만에 시댁에 가기로 했다. 그동안 코로나를 핑계로, 무거운 몸을 핑계로 미뤄 왔지만 마스크를 안 쓰게 된 지도 오래고, 아이도 걷기 시작한 마당에 이번 명절엔 거절할 거리가 없었다. 이미 내려가는 기차표가 다 팔리고 없다는 핑계가 있긴 했지만, 남편이 필사적으로 새로 고침을 해 특실 표 한 장을 얻는 바람에 정말 거절할 거리가 없었다.

"내가 짐 다 싣고 차 끌고 갈게. 자기가 애만 데리고 기차 타. 괜찮지?"

끝내 자기 몫의 표는 구하지 못하고, 짐을 꾸리고 있는 내게 건넨 말이다. 남편은 여전히 애만 데리고 가는 일이 애'만' 데리고 가는 일이 아님을 모르고 있었다. 따지고 들어 화를 내고 싶은 마음이었지만, 어차피 가야 할 길이라 대꾸 없이 마저 짐을 꾸렸을 뿐이었다. 그렇게 남편은 새벽에 일찍이 차를 끌고 시댁으로 출발했고, 나는 뒤로는 아이의 물건으로 가득 찬 배낭을 메고 앞으로는 칭얼대는 아이를 멘 채 KTX에 올라탔다. 그곳에서 캐서린을 만났다.

캐서린을 먼저 알아본 건 나였다. 뒤통수에서 들려오는 목소리만으로 알아차렸다. 당연하게도 우리가 처음 만난 열다섯 살 그때부터 마지막이었던 것 같은 서른 초반, 그때까지 거의 매일을 듣던 목소리였으니 못 알아들을 리 없었다. 역시 내가 보는 방향과 다른 곳에서 나타난 캐서린은 유니폼을 입고 승객들을 살피고 있었다.

"네가 희율이구나!"

내 자리를 지나치는 캐서린을 불러세웠을 때, 캐서린은 마치 내가 여기 있는 줄 알고 있었던 것처럼 놀라는 기색도 없이 곧장 내 품의 아이에게 인사를 건넸다. 캐서린은 아이는커녕 나조차도 내 결혼식 이후로 처음 만나는 거였다. 지난 3년 동안 우리 단톡방이 아무리 시끄러워도 매번 반응이 없더니다 읽고 있긴 했나 보다. 나와 캐서린 그리고 민진이와 하나까지 모두 네 명이 속한 단톡방이었다. 서로의 직장 이야기, 연애 이야기만 오가던 단톡방이나와 하나의 자식 이야기로만 가득 찬 지 오래였기에 그곳에서 희율이 이름도 알았으려니.

재작년, 1월 1일 새해가 밝을 때도 그 어떤 형식적인 인사도 없었던 곳에 희율이의 첫인사를 남겼었다. 소원해진 우리 관계가 회복되길 바라는 마음 반, 우리 희율이를 자랑하고 싶은 마음 반을 담아. 하나가 한참 아이 사진을 보내올 땐 그렇게 유난인 것 같더니 내 아이가 생기고 나니 이 동그란

눈도, 납작한 코도, 오물거리는 입도 모두 하나씩 자랑하고 싶어져서 희율이가 태어나고 고작 이틀을 참고 결국 단톡방에 사진을 보냈었다. 덕분에 한동안 잠잠했던 단톡방이 다시 활발해졌다. 정확히 말하면 나와 하나의 자식 자랑이 활발해졌다.

내 무릎 위에 앉아 있는 희율이의 움직임이 활발해졌다. 난생처음 기차를 경험한 덕분에 흥분한 것 같았다. 지난달 두 돌이 지난 희율이는 몸무게 백분위가 97이나 됐다. 그만큼 키도 컸지만 워낙 잘 먹는 애라 소아비만이 걱정될 지경이었다. 그런 애를 무릎에 올려놓고 3시간 가까이 앉아 있어야 한다는 생각에 벌써 힘들었는데, 아이가 창밖을 구경하느라고 몸을 계속 움직여 대는 통에 더 힘들어지고 있었다.

앞쪽에서 특실 간식을 찾는 목소리가 들렸다. 'KTX도 특실은 기내식이 있구나!' 하는 생각을 하고 있는데 짐칸 옆에 구비되어 있다는 캐서린의 대답이 들려왔다. 살짝 허리를 세워 목소리가 들리는 곳을 바라보니 캐서린이 손님들에게 쿠키 봉지와 물을 나눠주고 있었다. 고개를 돌린 캐서린과 눈이 마주쳤다. 나는 괜히 당황해서 재빨리 의자에 기대 앉아 희율이를 고쳐 안았다. 조금 지나 캐서린이 쿠키 봉지와 물을 들고 와 한 세트는 옆자리 아저씨에게 건네고 남은 한 세트는 직접 봉지를 뜯어서 희율이 손에 쿠키를 쥐어주었다. 그러고도 캐서린은 쿠키 봉지를 몇 개 더 꺼내 내 가방에 찔러넣었다. 한 자리만큼의 돈만 내놓고 여러 묶을 받아 들려니 옆자리 아저씨의 눈치가 보였다. 그러나,

"어른도 답답할 건데 얼마나 힘들 거야."

아저씨는 캐서린을 따라 자신의 쿠키도 봉지를 뜯어서 희율이에게 건넸다. 아기와 함께라면 어딜 가나 모두 용서가 되곤 했다. 덕분에 희율이도 다시 얌전해질 수 있었다.

우리 네 명이 마지막으로 모였던 그때, 하나는 아이를 데리고 자리에 나왔다. 아이는 첫돌을 앞두고 걸음마를 익히던 즈음이었는데 어떻게든 제힘으로 걷겠다고 떼를 써서 하나는 몇 번이고 애를 안고 밖으로 나가야 했다. 내 청첩장을 돌리기 위해 마련한 자리에서 계속 하나에게 주의를 빼앗기는 바람에 기분이 썩 좋지는 않았다. 약속 장소를 정

하는 데도 하나 때문에 '노 키즈 존'을 피하느라고 애썼던 탓도 있었다. 본인 결혼식엔 세상에 결혼하는 사람이 자기 하나뿐인 양 주인공 행세를 했으면서 내 결혼식은, 내 결혼식엔 친구들을 초대할 수 없었다. 코로나 때문에 한 번 미루기까지 한 결혼식은 하객 수가 100명 미만으로 제한되는 바람에 친인척과 양가 부모님의 손님만으로 벌써 꽉 찼기 때문이었다. 어쩌면 지금 이 만남마저 무산될 뻔했기에 분위기를 망치고 싶지 않아 상한 마음을 삭이고 있었다.

캐서린을 빼면 우리 중 내가 결혼에 있어 마지막 주자였다. 캐서린은 결혼 반년 만에 이혼을 했다. 어차피 혼인신고도 하지 않았던 데다 캐서린 자신도 곧바로 복학해서 마저 마지막 학기를 보냈기에 그 애의 결혼은 우리 모두에게 없었던 일로 취급됐다. 때문에 캐서린의 지난 결혼을 카운트할 수 없었는데, 그렇다고 훗날 결혼을 기대할 수도 없었다.

그러나 그 애의 결혼식이 없었던 일이 될 수는 없었다. 과연 우리 우정사 중 가장 큰 이벤트였다. 갑작스러운 결혼 발표에 당황하긴 했어도, 우리 중

첫 번째 결혼식이라는 건 의미가 컸다. 각자가 가진 환상이 모두 투영됐달까. 식장을 정할 때나 드레스를 정할 때나 결혼식 준비 과정 하나하나 우리 넷이 다 함께했다. 웨딩 촬영 날엔 수업도 빼먹고 가서 들러리가 되어 사진을 찍었고, 예비 신랑의 프러포즈 이벤트도 도왔는데, 없는 돈을 모아 민진이의 자취방에서 '브라이덜 샤워'까지 했더랬다.

결혼식 당일엔 캐서린보다 더 흥분해서 새벽부터 단장을 했다. 지금 생각하면 너무 부끄러운데 하나같이 촌스럽고 두서없었다. 나는 언니가 면접용으로 사놓은 정장을 입었는데 누가 봐도 얻어 입은 꼴이었고, 하나는 나름 고심해서 새로 구입했지만 어딘가 싼 티가 나는 보세 원피스를 입었다. 민진이는 당시 유행하던 핫핑크 스키니진을 입고 와서 우리에게 한바탕 혼이 난 후, 초여름이라 낮엔 더운데도 트렌치코트를 벗질 못했다. 그런데도 우리는 좋다고 휴대폰 카메라는 물론이고 폴라로이드까지 찍어댔다. 하지만 결정적으로 축가를 부르며 셋이 오열을 해서 본식 사진엔 얼굴이 엉망으로 찍혔다.

캐서린의 이혼이 우리 모두에게 조금 치유가
된 후에 이 모든 일은 우리 대화의 레퍼토리가 되었
다. 그날도 캐서린이 오기 전까지 레퍼토리 대로 떠
들고 있었다. 민진이의 트렌치코트 부분에서 요즘
은 스키니진을 엄마 바지라 부른다는 얘기에 적잖
은 충격을 받기도 했다. 캐서린은 딱히 이유는 대지
않고 '늦을 것 같다'라는 문자만 하나 남겨놓았기에
우리끼리 먼저 식사를 시작한 후였다.

희율이가 졸린지 눈을 비비며 칭얼대기 시작
했다. 옆자리 아저씨의 도움을 받아 희율이를 무릎
에 눕히고 젖병을 물렸다. 이내 잠이 든 희율이의
손에서 쿠키가 떨어졌다. 이번에도 옆자리 아저씨
가 주워주셨다. 나는 이제야 마치 희율이를 대신하
듯 창밖을 내다 보았다. 기차는 대전역을 떠나고 있
었다. 덕분에 시댁이 대전인 하나가 생각나서 엉거
주춤한 자세로 도착했느냐고 문자를 보냈다. 얼마
안 가 아직 내려가는 중이라는 하나의 답장이 왔는
데, 그 말에 이어서 캐서린을 만났다고 썼다가 지우
고 나도 내려가는 중이라고 보냈다. 말했다간 괜히
하나의 화만 돋울 것 같았다.

그날 캐서린은 한 시간도 더 걸려서 도착했다. 이미 식사는 다 끝낸 후라 바로 카페로 자리를 옮기기로 했다. 캐서린은 늦은 것이 너무 미안하다며 우리가 먹은 밥값을 내겠다고 나섰다. 내 청첩장을 주기 위한 자리였기에 처음부터 내가 내는 것으로 정해진 자리였다고 말렸지만, 캐서린은 끝내 계산하겠다고 버텼다. 나는 돈이 굳었다고 좋아할 일인지 내 역할을 뺏겼다고 화가 날 일인지 헷갈렸다. 그래도 좋지 않은 기분은 얼굴에 드러났을 테다. 그것을 살핀 민진이가 캐서린에게 너도 시집가야 하지 않겠냐면서 돈을 아끼는 게 어떻겠냐고 말해버렸다.

누군가 이 얘길 전해 듣는다면 민진이가 무례했다고 할 수 있겠으나 우리끼리는 오히려 캐서린의 결혼을(혹은 이혼을) 농담으로 삼아서 아무 일도 아닌 것처럼 위로하곤 했고, 민진이는 평소에도 우스갯소리를 곧잘 하는 애라 이 이야기도 딴엔 유머라고 한 이야기였다. 그렇다고 해도 듣는 사람이 기분이 상했다면 잘못한 건 맞다고 민진이는 곧바로 사과했다. 하지만 살짝 금이 간 분위기는 이후에 점점 더 균열이 벌어지고 말았다. 민진이의 농담으로

금이 간 건지, 아니면 진즉에 가 있던 금이었는지 지금에선 잘 모르겠다.

모르긴 해도 하나와 캐서린 사이의 금은 확실히 되돌릴 수 없게 됐다. 그날 이후로 하나는 캐서린을 처음부터 없었던 사람처럼 취급했다. 갑자기 우리의 대장과 같아진 하나 때문에 나와 민진이도 덩달아 캐서린을 없는 사람처럼 대하기 시작했다. 단톡방에 숫자가 사라지고 1이 남더라도 우린 다 확인했다고 생각했고, 모임에 캐서린이 나타나지 않더라도 우린 다 모였다고 생각했다. 그렇다곤 하지만 그 방은 하나가 아니면 조용했으며, 하나가 아니면 모이는 일도 없었다.

순창까지 가는 거야?

순천이야.

고추장!

그건 순창이고.

순천까지 영웅 씨 혼자 운전해서 내려가는 거야?

얘, 너무 과분한 이름이다. 내 남편 이름 영훈이야.

ㅋㅋㅋㅋㅋㅋㅋㅋㅋㅋㅋ.

하나는 늘 이런 식이었다. 내가 하나의 시댁까지 기억하는 반면에 하나는 나에 관해선 조금도 기억하지 못했다. 그러니까 우리 둘 사이의 금이라고 하면 내 쪽에서만 보이는 금이 하나 있긴 했다. 하지만 지금 희율이가 입고 있는 옷과 내가 들고 온 기저귀 가방까지 하나에게 물질적으로 얻은 게 많은 데다, 아이를 낳은 후 우울에 빠져 밤낮으로 울 때 제일 먼저 위로를 해준 사람도 하나였다. 당시 그 난리에도 코 골며 잔 게 남편이라 그 이름 하나 제대로 기억 못 하는 정도는 아무것도 아닐 만큼 하나에게 고마워하고 있었다. 그래서 나는 그 금을 무시하고 하나의 기분을 살펴 캐서린 이야기는 생략하는 것이다.

하나와 캐서린이 싸운 건 처음 있는 일이 아니

었다. 대학을 졸업하자마자 승무원이 된 캐서린은 최종 합격을 하고 나서야 우리에게 그 사실을 알려왔다. 왜 갑자기 승무원인지, 언제부터 승무원이 될 생각을 한 건지, 아니 어느새 준비를 한 건지 나는 너무 놀라 말을 잇지 못하고 있을 때, 민진이가 한 해에 결혼도 하고 이혼도 하더니 이젠 뜬금없이 승무원이 되느냐고 이제 그만 좀 놀래키라고 했다. 아닌 게 아니라 캐서린은 우주에 가겠다며 천체 물리를 공부했기 때문이다. 이에 민진이가 왜 우주에 가다 말고 비행이냐고 묻기도 했다. 덕분에 분위기가 조금 풀리는 듯했는데 눈치 없이 하나가 다른 사람 수발드는 일을 왜 하고 싶어 하느냐고 공부를 더 하는 게 낫지 않겠느냐고 말해버렸다.

　어쩌면 캐서린의 마음 어딘가에도 같은 생각이 있었던 게 아닐까. 캐서린이 하나의 말에 어떤 버튼이 눌린 것처럼 얼굴이 붉어져서는 너처럼 남자들 수발드는 일만 할 것 같으면 공부는 안 해도 되지 않겠느냐고 쏘아붙였다. 캐서린이 이런 말을 했다는 게 지금도 믿기지 않지만 분명 그랬고, 하나와 캐서린이 말 그대로 머리끄덩이를 잡고 뒹구는 바람에 나랑 민진이가 고생을 했던 기억이 있다. 하지만 나 역시도 캐서린의 취직 소식에 공부한 게 아깝다고 생각하던 중이었고, 하나는 남자를 조금 가려서 만났으면 좋겠다고 생각해 왔다. 이때 나는 우리 넷 다 서로에 대해 꺼내지 못하는 마음들을 가졌다는 걸 처음으로 알게 됐다.

아무래도 자리가 불편한지 희율이는 금세 잠에서 깨어났다. 불행히도 아이는 몸부림까지 쳐가며 울기 시작했다. 달래면 달랠수록 격해지는 발버둥에 옆자리 아저씨까지 잠에서 깨어나 희율이를 데리고 열차 칸 사이로 나왔다. 그렇다고 해도 날이 날인지라 공간만 있으면 모두 차지하고 서 있어서 희율이를 마음 놓고 달랠 곳은 없었다. 아이가 이러고 울면 도무지 어찌해야 할지 모르겠다. 그냥 아이를 따라 같이 울고 싶을 뿐. 연신 죄송하다고 읊조리며 아이를 토닥이고 있는데 캐서린이 다가왔다.

캐서린의 도움으로 열차 안 직원 공간에 아이를 눕혔다. 눈물도 안 나오면서 운다고 꽥꽥거리던 희율이가 그제야 조용해졌다. 덕분에 나는 진땀을 흘려서 젖어버린 겉옷을 벗으려다가 실수로 희율이의 머리를 쳐버렸다. 옆에서 지켜보던 캐서린의 놀란 듯 한 숨소리가 들렸다. 희율이가 내 눈을 보며 울먹이는데 일부러 모른 체하고 마저 옷을 벗었다. 한숨을 돌린 나는 캐서린과 마주 섰다. 참 오랜만이었다. 그래서 어색했다. 어떤 말을 꺼낼 타이밍을 놓치고 애먼 아이만 쓰다듬고 있었다. 그런 내 모습을 빤히 지켜보던 캐서린이 먼저 말을 꺼냈다.

"너 그렇게 화장도 안 하고 수수하게 있으니까 석사 논문 쓰던 시절 같다."

나는 그런 끔찍한 소리 하지 말라고 했다가 지금도 그때 못지않게 끔찍한 것 같다고 정정했다. 둘 다 소리 내어 웃었다. 참 오랜만이었다. 그래서 좋았다.

신입 교육을 마치고 본격 승무원이 된 캐서린의 속도는 걷잡을 수 없이 빨라졌다. 그 방향은 태양을 향하는 것 같았고, 고도가 높아질수록 가속은 더 붙었다. 나와 하나, 민진이로서는 갈 수 있을 거라고 생각해보지도 못한 나라들을 다녔다. 그리고 그런 나라에서 돌아올 때면 잡지에서나 보던 화장품들을 사와 나눠주기도 했다. 대학을 마치고 대학원에 진학한 나는 한참 교수님 밑에서 시달리고 있던 시절이었다. 그래서 캐서린을 만날 때면 마음이 불편했고, 덩달아 평범한 직장인이 된 하나와 민진이까지도 만나고 싶지 않다고 생각했던 것 같다. 내가 의기소침해질수록 캐서린은 나를 더 찾아왔다. 백화점 쇼핑에 데려가기도 하고, 호텔 와인바에 데려가기도 하고, 승무원 동료들과 함께하는 모임에도 나를 데리고 다녔다. 일종의 배려였으리라. 하지만 나는 아직 학생 퀘스트를 완료하지 못해서 게임머니를 얻지 못했다는 걸 생각하지 못하는 것 같았다.

석사 논문 심사를 기다리던 때, 캐서린의 주선으로 국내 프로축구팀과 미팅을 한 적이 있다. 2부 리그였지만 축구를 좋아하는 하나와 민진이는 개의치 않았다. 나 역시 심사 결과가 불안해 마음이 편치 않았지만 축구 선수라는 소리에 못 이기는 척 나갔다. 결론적으론 당시에는 넷 다 누구와도 이어지지 않았지만, 훗날 민진이는 그날 자리에 있던 선수 중 한 명과 결혼하게 됐다. 뜬금없는 축구이고 미팅이라 생각하겠지만 우리의 우정은 축구 덕에 시작된 것이나 다름없었다.

우리 넷은 중학교 2학년 때 같은 반이 되면서 처음 만났다. 민진이는 내 짝꿍이었고 하나와 민진이는 초등학교 때부터 알던 사이였다. 그땐 바로 직전 해에 한일월드컵을 치르고 축구의 치읓도 모르던 여중생들에게까지 축구 선수들이 인기를 얻던 때였다. 하나와 민진이도 쉬는 시간마다 축구 선수 이야기로 떠들었다.

"네가 5번이지? 좋겠다~ 우리 선수님 등번호랑 같네!"

내 옆에 서서 민진이와 수다를 떨던 하나가 처음으로 내게 건넨 말이었다. 이때부터 그 애들의 수다에 나도 함께 하게 됐다. 컴퓨터 실습 시간엔 나란히 앉아 K리그 경기 하이라이트 장면을 돌려보면서 떠들기도 했다. 그렇다고 해도 축구는 몰랐던 우리들은 경기가 어떻게 된 건진 알지도 못하고 좋아하는 선수가 넘어지면 탄식하고 공을 뻥 차면 환호했다. 캐서린과 친해진 건 이때였다. 보다 못한 캐서린이 어려운 용어들을 써가면서 무슨 상황인지 설명해줬던 것이다.

"너는 누구 팬이야?"

"나는 베컴을 좋아해."

민진이가 베컴이 누구냐고 용병이냐고 물었더니 해외리그에서 뛰는 유명한 선수라며 그의 플레이가 어쩌고 하더니 인터넷에서 사진을 찾아 보여줬다. 그걸 보자마자 하나는 플레이가 어쩌고보다 잘생겨서 좋아하는 거 아닌가 생각했고, 민진이는 외국에서 하는 축구도 우리가 볼 수 있구나 생각했다고 했다. 그리고 나는 캐서린은 아는 것도 많고 어딘가 언니 같다고 생각했다.

축구뿐만 아니라 캐서린은 어떤 것이든 조금씩 앞섰다. 그리고 우리는 그런 캐서린을 자랑스러워했다. 캐서린이 좋아하는 걸 우리도 좋아했고, 캐서린이 싫어하는 걸 우리도 싫어했다. 캐서린이 하자는 걸 했고, 캐서린이 하지 말자는 걸 하지 않았다. 한때 우리도 캐서린을 따라 영어 이름을 지어 부르기도 했다. 나로서는 고등학생을 지나 스무 살이 됐든, 서른 살이 됐든 여전히 캐서린을 따랐는데, 어느 순간부터 하나는 아니었던 것 같다. 민진이가 어땠는지는 모르겠다.

기차가 남원역에 막 들어서고 있었다. 캐서린은 객실 점검을 해야 한다며 자리를 떴고, 곧이어 주인이 없는 방에 혼자 있을 수 없어서 나도 희율이를 안고 자리로 돌아왔다. 친구가 일하는 모습을 직접 보는 건 처음이라 기분이 이상했다. 기특하다고 해야 하나. 특히 코로나 동안 고생했을 캐서린을 생각하니 괜히 울컥해서 눈물을 찍어낼 정도였다. 언젠가 민진이가 캐서린이 일하는 비행기를 타고 해외여행을 다녀온 적이 있다. 민진이는 캐서린은 역시 자랑스러운 친구라며 비행 내내 자기가 다 뿌듯하더라고 호들갑을 떨었는데 지금 내 기분이 딱 그랬다.

캐서린이 우주비행을 꿈꿀 때, 하나는 유치원 선생님이 되고 싶다고 했고 민진이는 방송국 PD가 되고 싶다고 했었다. 나는, 나는 아직 모르겠다고 했었나. 우리는 진짜로 그렇게 될 줄 알고 갖은 노력을 했고 여러 번 실패를 했었다. 그렇다고 해도 다시 하면 됐고, 아니라면 다른 걸 하면 됐었다. 수많은 시행착오를 겪어도 아직 괜찮다고 생각했다. 그래도 되는 나이였다. 하지만 지금, 캐서린의 모습을 보며 내가 뭐가 되고 싶었었나 생각하는 지금은 더 이상의 시행착오는 있으면 안 됐다. 다시 어떤 노력을 한다고 해도 캐서린이 될 수 없었다. 아무것도 되지 않았고, 아무것도 될 수 없었다. 아니, 희율이 엄마 정도 됐으려나.

한참 희율이와 옹알이를 주고받고 있는데 핸드폰 알람이 울렸다. 하나가 단톡방에 명절 잘 보내라는 메시지를 보내왔다. 내가 읽자마자 민진이도 읽었는지 숫자 1만 남았다. 캐서린 몫의 1. 마침 캐서린이 내가 있는 객실에 들어섰다. 지금 캐서린의 속도는 얼마큼일까. 이 기차의 속도 정도인 걸까. 그건 나보다 빠를까 느릴까. 분명한 건 방향은 나와 다를 텐데 어디를 향하는지 모르겠다. 캐서린은 이 메시지를 읽지 않겠지. 그건 바빠서는 아닐 테다.

그날, 카페로 자리를 옮기고 민진이가 캐서린이 일하는 비행기에 탔던 이야기를 시작했다. 벌써 여러 번 들었지만, 캐서린의 결혼식 이야기만큼 우리가 좋아하는 이야기였다. 민진이는 첫 번째 직장을 관두고 혼자 유럽 배낭여행을 떠났었는데, 어쩐지 울적한 마음에 우리에게 아무것도 알리지 않았었다. 이른 아침 비행이라 민낯에 자다 깬 얼굴로

게이트에 도착했을 때, 비행 준비를 하는 캐서린을
마주쳤다. 캐서린은 담당 구역도 민진이가 있는 자
리 쪽으로 바꾸고 10시간 넘게 날아가는 동안 민진
이를 돌봤다고 한다. 민진이한테 필요했던 건 여행
이 아니라 그런 거였으리라. 민진이 역시 이 얘기를
할 때면 그때 캐서린을 만나지 않았으면 여행도 내
내 우울했을 거라고 했다. 그러면 언제나 캐서린은
수줍게 웃고 나와 하나는 고개를 끄덕였다. 하지만
그날 하나는 고개를 끄덕이지 않았다.

"이제보니 그때부터였네. 캐서린, 너는 꼭 네
가 아니면 안 되는 것처럼 굴잖아."

하나의 톡 쏘는 말에 우리 모두 당황했었다.

"오늘 점심은 네가 아니라 은희가 낼 거였어.
네가 낼 이유가 전혀 없었다고. 늦은 게 뭐라고. 너
요즘 돈도 못 벌고 있잖아?"

하나 덕분에 그제야 우리는 캐서린의 사정을
알게 됐다. 코로나가 심해져 하늘길이 막히고 항공
주가 쭉쭉 떨어질 때 캐서린은 권고사직을 당했다.
정확히는 무기한 휴직이지만, 급여도 반이라도 주
던 것이 어느 날부터 말도 없이 아예 없어진 상태

라 사직이나 다름없었다. 처음 한, 두 달 심각성을 모르고 속도를 늦추지 못한 게 문제였다. 하던 대로 백화점에 쇼핑을 갔고, 하던 대로 와인바에 갔고, 하던 대로 승무원 동료들과 함께하던 것들을 다녔다. 하지만 세상 사람들 모두가 이 몹쓸 감염병의 심각성을 모를 때였다. 복직이 점점 미뤄지고 임금이 석 달째 밀렸을 때쯤, 캐서린은 동네 카페에서 아르바이트를 시작했다. 공항에서 가장 가까운 서울이었던 캐서린의 동네엔 이미 카페란 카페에 온통 승무원들이 일을 하고 있을 때였다. 서울에서 살 수 있는 아파트를 찾아 외곽의 외곽으로 나가다가 캐서린의 동네에 살게 된 하나가 우연히 캐서린이 일하는 카페를 들르면서 이 모든 이야기를 알게 됐다고 했다.

"다들 예쁘고 늘씬하니까 알바 하나는 잘들 구한 거 같더라. 그래봐야 카페 알반데 너무 재는 거 아니니? 승무원 시절 씀씀이 못 버리고 돈 허투루 쓰지 마. 너 생각해서 하는 말이야."

하나가 정말로 캐서린을 생각했더라면 하지 않았을 말이었다. 할 말을 잃고 입을 다물지 못하던 나는 하나를 말릴 타이밍을 놓쳤다. 당연히 비행 스케줄이 어긋나 늦은 거겠거니 생각하고 유럽 여행 이야기를 꺼냈을 민진이도 미안한 얼굴을 하고 캐서린을 흘끔댈 뿐이었다.

"우리 매주 목요일이면 공항에 가. 회사 사무실 앞에 모여서 피켓을 들고 시위를 해. 오늘도 거기에 다녀오는 길이야. 예쁜 얼굴 덕분에 구한 그 카페 아르바이트 때문에 못 오는 애들도 있었어. 근데 우리는 뭐라고 못해. 시위할 때 기장님들이랑 남자 직원들이 앞장을 서는데 열의 아홉은 다리를 절든가 팔 한쪽을 못 써. 우리가 카페에서 일하는 만큼 그들은 공사판에서 몸을 굴리거든. 우린 이거 생존이야. 남편 돈 가지고 집에서 애나 키우는 너 같은 애는, 우리가 살기 위해 일하는 카페에 와서 커피나 홀짝이는 너 같은 애는 절대 몰라. 함부로 말하지 마."

나와 민진이는 놀란 마음을 숨기지 못하고 '헉'하는 소리를 내고 말았다. 우리가 어떻게 해야겠다고 생각도 하기 전에 하나가 소리를 질렀고, 그 옛날에 둘이 머리끄덩이를 잡고 뒹굴었던 것처럼 싸우고 말았다. 이때 나는 우리가 서로에 대해 꺼내지 못하는 마음들이 있는 만큼 서로가 꺼내지 못하는 사정들을 가졌다는 걸 알게 됐다. 이즈음 하나는 아이를 보내면서 자기도 함께 일할 수 있는 어린이집을 찾아 이곳저곳 이력서를 넣었고, 연락이 오는 곳이면 가리지 않고 면접을 보러 다니고 있었기 때문이다. 아마 캐서린이 일하는 카페도 면접에서 돌아오는 길에 들렀을 것이다.

캐서린은 그날 우리를 만나고 싶지 않았지만, 내 결혼이기에 큰맘 먹고 나온 자리였다고 했다. 그렇다고 일부러 늦은 건 아니라고, 시위가 조금 격해져서 빠져나오기가 힘들었던 거라고 했다. 기차가 곧 순천역에 도착할 거라는 방송이 나온 뒤였다. 부러 일찍 짐을 꾸리고 아까 그 직원 공간으로 캐서린을 만나러 가려던 참에 캐서린이 내 자리로 찾아왔다. 종점에 다가오니 곳곳에 빈자리가 보일 만큼 기차 안이 한적해졌는데, 덕분에 캐서린도 조금 한가해진 듯 직전 역에서 아저씨가 내려 비어있는 내 옆자리에 앉았다. 그리고는 희율이를 몇 번 쓰다듬더니 대뜸 그날 이야기를 꺼낸 것이었다.

"퇴직금은커녕 밀린 임금도 제대로 받지 못했고, 갖고 있던 돈도 소송비 모금하는 데에 써버렸어. 그때부터 내 시간은 멈췄던 거 같아. 아니, 어쩌면 뒤로 가고 있었는지도 모르고."

카페 일과 크고 작은 행사들의 안내 일들을 하며 1년을 보낸 후에 역시 아르바이트로 일하고 있던 승무원 학원의 원장님 권유로 지금 일을 시작하게 됐다고 했다. 이 많은 일이 희율이가 겨우 말을 뗄 동안 한 사람이 겪은 일이라고 생각하니 다시 한번 캐서린의 속도는 빠르고 어디로 가는지 알 수 없다는 생각이 들었다. 캐서린에게 너를 보고 흔히 말하는 인생의 속도라는 게 빠르기 뿐만 아니라 방향 역시 지니고 있다는 걸 깨달았다고 말했다. 하지만 되려 캐서린은 내 속도에 관해 이야기하기 시작했다.

"네가 석사 끝나자마자 결혼을 한다고 했을 땐 미련하다고 생각했어."

우리 단톡방에 내 결혼 소식을 알렸을 때, 캐서린은 전화를 걸어와 다시 생각하라고 했다. 그때는 몰랐지만, 굉장히 힘든 시간 중에 부러 나를 말리겠다고 전화해온 거였다. 나와 같은 시기에 박사 과정을 마친 연구실 선배였던 남자 친구가 기혼인 쪽이 교수가 되는 데 유리하다는 말에 결혼하기로 했었다. 그건 남편에게 내조가 필요하단 뜻이었다. 결국 나는 내 공부를 중단하고 남편을 도왔고, 운 좋게 남편이 교수가 된 후엔 아이가 생겨 공부를 더 할 수 없었다. 캐서린은 이런 걸 염려하고 전화를 걸어온 거였으리라.

"정직한 속도잖아. 지금은 미안하다고 생각하고 있어."

"아줌마일 뿐이야."

"그편이 더 어려울걸. 아이를 키우는 네 모습, 엄마라는 거 내가 될 수 있다고 될 수 있는 모습이 아니잖아."

"이런 모습은 안 돼도 좋아 얘. 친한 친구가 어떻게 지내고 있는지 돌보지도 못하는데. 얘 때문에 밥 한 숟갈도 제대로 못 떠. 애 아빠는 지난 연말에 회식 한 번도 못 갔다. 요즘 나는 내 속도가 아니라 희율이 속도로 살고 있는 것 같아."

기차의 속도가 점점 줄어들고 있었다. 캐서린은 연락하겠다는 인사를 남기고 다시 일을 하러 자리를 떠났다. 기차가 나아가는 반대 방향으로.

　우리는 앞으로도 각자 자기만의 속도로 어딘가에서 어느 곳을 향해 열심히 달릴 테다. 그러다 보면 오늘처럼 또 마주치겠지. 그러면 다시 안심하겠지. 나는 순천역에 멈춰 선 기차에서 내리며 하나에게 캐서린을 만난 이야기를 해야겠다고 생각했다.

모두 다 사라진 것은
아닌 달

"김 과장님이 아이돌이었다고요?"

놀라서 호들갑을 떠는 어린 여사원들 사이에서 김 과장은 멋쩍게 웃을 뿐이었다.

"슈가를 섭외해 오라고요?"

놀라서 호들갑을 떠는 윤 작가를 무시하고 PD는 단호하게 웃을 뿐이었다.

참고로 말하자면 최근 빌보드 차트에서 1위를 한 국내 최고 인기 아이돌 슈가가 아니라, 그룹 SNS의 슈가이다. 빌보드 1위 가수 슈가라고 해도 (다른 의미로) 놀라서 호들갑을 떨긴 했을 테지만. 그룹 SNS는 대략 15년 전 활동했던 2인조 아이돌 그룹이고, 슈가는 그중 한 명의 이름이다.

"그룹 이름이 뭐라고요?"

"에스엔에스."

"에스엔에스? 인스타, 페이스북 같은 에스엔에스요?"

"아니. 안 그래도 그거 때문에 이젠 검색해도 우리가 안 나와. 멤버 이름이 슈가와 샤인이라, 앞 글자를 따서 에스엔에스야."

"어머, 과장님은 뭐였어요?"

"뭐라니. 슈가였어."

"슈가요오?"

대리 하나가 놀리는 목소리로 외쳤다. 김 과장도 왜 놀리는지 충분히 안다. 요즘 친구들에게 슈가란 빌보드 1위 가수니까. 그 시절에도 놀림감이긴 했다. 20대 성인 남자에게 슈가란 이름이라니, 들쩍지근한 놈에게 달달한 이름을 붙였으니 우습긴 하지.

"그래, 이미 십오 년도 더 전부터 내가 슈가였다고. 지금에야 흔적도 없이 묻혀버렸지만."

김 과장은 묻힌 김에 티 내지 않고 이 작은 '일반인'의 세계에 살고 있었는데 단숨에 과거가 들통이 나버렸다. 그뿐만 아니라 이 회사의 빅이슈가 되어버렸다. 이건 모두 갑자기 김 과장을 찾아온 윤 작가 때문이었다. 윤 작가가 구성작가로 일하고 있는 프로그램은 오래전에 잊힌 가수를 찾아 근황을 듣고 노래를 리메이크하는 내용인데 이번 화에 SNS를 다루기로 했다. 윤 작가는 SNS의 슈가, 김 과장을 섭외하는 임무를 맡아 그의 사무실을 찾아왔던 것이다.

"김 과장님 계세요? 예전에 아이돌 그룹 SNS로 활동하셨던 김 과장님이요."

김 과장과 윤 작가는 사무실 한편의 작은 회의실에 마주 앉았다. 김 과장은 영업맨으로 일한 지난 10년 동안 다양한 사람들을 만났고 그들을 잘도 구워삶았지만, 지금 이 순간은 어쩐지 어색했다. 그 어색함을 깨고 먼저 말을 꺼낸 건 윤 작가였다.

"〈서칭 포 슈가맨〉이란 영화 아세요? 사라져버린 전설의 가수 '슈가맨'을 찾아 떠나는 내용인데, 저희 프로그램이 그 영화처럼,"

"그 프로그램 뭔지 알아요. 몇 번 봤어요."

사실 김 과장은 그 프로그램을 딱 한 번 봤다.

김 과장이 슈가이던 시절 같이 연예계 활동을 했던 형 하나가 출연해서 보았다. 그 형도 김 과장과 비슷한 시기에 은퇴하고 일찍부터 자동차 영업을 하고 있었다. 김 과장에게 영업 일을 소개해 준 사람이 그 형이었다. 비록 몇 개월 뒤 김 과장은 자동차가 아닌 식품업체인 지금의 회사로 옮겼지만.

형은 처음 출연 제의를 받고 무척 기뻐했다. 아무래도 우리가 가수를 했던 건 어떤 바람이 있었던 거니까. 혹시나 그 바람을 다시 이룰 수 있을까 싶었던 것이다. 아닌 게 아니라 우리 이전에 출연했던 누구는 지금 전성기보다 더한 전성기를 보내고 있기도 했다. 하지만 형은 녹화를 마친 날 저녁, 김 과장에게 전화를 걸어와 서럽게 울었다.

'그러게 나가지 말았어야지. 나가지 말았어야지.'

형에게 말하진 않았다. 왜냐하면 기어코 방송에 출연한 형의 마음도 알기 때문이다. 관객들에게 형의 최고 히트곡을 들려주고 몇 명이나 기억하는지 셈을 했다고 한다. 관객은 10대부터 40대까지 다양했는데 다행히 곡을 기억하는 사람도 많았고, 처음 듣지만 듣기 좋다는 사람도 많았다고 했다. 그런데 왜 울었냐면.

"그룹 SNS의 가장 유명한 노래가 'November Love'라서 매해 11월만 되면 생각이 난다는 사연이 왔어요. 곧 11월이기도 해서 이번 화는 SNS로 정했죠."

"아, 예."

"가수를 그만두고 그동안 어떻게 지내셨어요?"

"보시다시피 평범하게 회사원으로 살고 있었습니다."

"같은 멤버였던 샤인 씨와는 연락하시나요?"

"연락하지도, 안 하지도 않아요."

"사이가 안 좋아서 해체하신 거예요?"

"그런 소문도 있긴 했죠."

그룹 SNS가 해체하는 데 있어 소문이 많았다. 김 과장으로서는 우리가 이렇게 인기가 많았나 싶을 정도였다. 한창 활동할 땐 조용하더니 그만둔다니까 시끄러울 건 뭔지. 어쩌면 시끄러워져서 그만둔 걸 수도 있겠다. 명백한 사실은 방송이든 무대이든 그룹 SNS에게 기회가 뜸해졌고, 멤버 두 명의 입대가 임박했었다는 것이다.

김 과장은 출연 제의를 거절했다. 처음 윤 작가가 왜 찾아왔는지 알았을 때부터 거절을 결심했지만, 출연을 설득한다는 윤 작가의 태도도 미적지근해서 결심을 굳혔다. 멤버 샤인의 의견도 들어보라고 했지만 중요하지 않았다. 만약 샤인이 출연하자고 한다면 그에게 자기 의견을 들려줄 생각이었다.

방송국으로 돌아온 윤 작가는 아직도 분이 풀리지 않았다. 애초에 그룹 SNS의 출연을 반대했던 그녀였기에, 섭외를 위해 김 과장을 찾아가야 한다는 사실부터 화가 나 있었다. 그런데 심지어 거절당했으니 아주 단단히 화가 날 수밖에. 윤 작가는 보라색 후드티를 입고 보라색 슬리퍼를 신고 보라색 담요를 덮어 보라색 덩어리가 된 채로 자리에 앉아 '제가 뭔데, 제 주제에' 같은 말을 내뱉으며 씩씩댔다.

윤 작가의 자리엔 뭐가 많았다. 파티션 벽면엔 포카들이 빼곡했고, 크고 작은 캐릭터 인형들, 응원 봉은 물론 슈가의 얼굴이 크게 프린트된 부채와

*** 포카 = 포토 카드의 준말. 아이돌 앨범에 들어있는 부록.

각종 응원 도구, 슈가가 모델이란 이유로 사서 먹지도 않고 보관 중인 편의점 커피까지. 각종 굿즈들이 두서없이 널려있었다. 윤 작가에게 아이돌이란 인생에 뺄 수 없는 부분이었다. 10대가 된 순간부터 지금까지 언제나 누군가의 팬이었기 때문이다.

"윤 작가가 싫어하는 아이돌도 있어? SNS는 왜 그렇게 반대하는 거야?"

"옛날에 소문이 안 좋았다구요."

"어땠는데?"

"뭐 선배들한테 인사도 안 하고,"

"그 시절 그런 소문 없던 아이돌도 있어? 그게 인기가 있었단 증거지."

"팬 서비스도 얼마나 안 좋았다고요. 기다리는 팬들 다 무시하고!"

"무시했을 리가."

"퇴근길에 인사도 없이 가고 막 그랬다니까요."

"인사를 꼭 해야 하는 건 아니잖아. 바쁘고 피곤할 텐데."

"아이돌은 팬들 덕분에 먹고 사는 건데 그러면 안 되죠."

"SNS 팬이었어?"

"아뇨! 전 그때 그룹 G 팬이었어요."

"미안하지만 G는 섭외 못 해. 잊히질 않았거든. 어쩔 수 없이 SNS를 해야 해. 내일 다시 가서 설득해 봐. 샤인 쪽은 꽤 긍정적이거든."

PD의 말에 윤 작가는 다시 보라색 덩어리가 된 채 자리에 앉아 '왜 긍정적이고 지랄이야' 같은 말을 내뱉으며 씩씩댔다.

그날 밤 아홉 시 뉴스에 김 과장네 회사가 나왔다. 식품업체인 김 과장네 회사의 제조공장에서 한 노동자의 팔이 밀링에 끼이는 사고가 났다고 한다. 문제는 사고가 난 후 관리자가 사고자를 바로 병원에 이송하지는 못할망정 똑바로 일을 못 하느냐며 한참을 세워놨다는 것이다. 결국 사고자는 과다출혈로 사망하는 지경에 이르렀다고 한다. 안 그래도 몇 년 전에 편법 채용으로 한바탕 논란이 됐던 회사였다. 그래서 이 사고의 여파는 더욱 심각해졌다.

윤 작가가 김 과장을 다시 찾았을 땐, 사무실 문을 열기도 겁날 정도로 냉랭했다. 말소리는 물론이고 숨 쉬는 소리도 들리지 않아 고요했지만, 사무실 사람들이 꼼짝 않고 들여다보고 있는 컴퓨터 모니터 속은 매우 시끄러웠다. 이 회사에서 일어났던 크고 작은 사건 사고들이 하나둘 폭로되고 있었던 것이다. 그와 함께 불매 운동하자는 말도 나오고 있었다. 사무실 사람들은 다들 뭘 하고 있진 않았지만 뭘 안 하고 있지도 않았다. 윤 작가도 김 과장에게 말을 걸지도 못하고 안 걸지도 못한 채 문 앞에서 서성이고 있었다.

점심시간이 가까웠을 때, 김 과장과 직원 몇 명이 자리에서 일어나 사무실을 나섰다. 김 과장은 윤 작가를 봤지만 알은체하지는 않았다. 윤 작가는 이대로 돌아가야 하나 쫓아가야 하나 두어 번 고민하다가 김 과장을 따라나섰다. 밥이나 먹으러 가겠거니 했던 건데 김 과장네가 가는 곳은 다름 아닌 장례식장이었다. 이쪽에선 장례식장 간판 정도 보이지만, 장례식장 앞에선 이쪽이 보이지 않는 정도의 위치에서 모두가 멈췄다. 김 과장은 그제야 윤 작가에게 말을 걸었다.

"어제 이야기 끝난 거 아닙니까?"

"삼고초려라고,"

"그것도 때와 장소는 따져야죠."

"여길 오시는 줄 몰랐죠."

"때는 맞습니까? 뉴스 안 보세요?"

윤 작가는 할 말이 없었다.

"제 의사는 바뀌지 않겠지만, 또 찾아오신다면 말리진 않을게요. 근데 오늘은 아니니까 돌아가세요."

김 과장과 윤 작가가 대화하는 중에 차 한 대가 도착했고, 그 안에서 상조 물품처럼 보이는 상자와 함께 군만두 상자가 나왔다. 군만두는 이 회사의 주력상품이었다. 윤 작가는 보자마자 '저거 맛있는데 위로품으로 군만두를 주는 건가, 쩐다' 같은 생각을 했지만, 말로 내뱉진 못하고 슬쩍 몰래 사진을 찍었다. 김 과장만 남겨두고 모두 장례식장으로 들어갔다. 그런 김 과장에게 윤 작가가 물었다.

"왜 안 들어가세요?"

"전 장례식장은 잘 안 갑니다."

"역시! 슈가답네요. 그때도 그랬죠?"

김 과장은 당황했고, 윤 작가는 또다시 화가 났다.

다음 날, 김 과장네 회사를 비난하는 여론과 불

매운동은 더 격렬해졌다. 간밤에 한 커뮤니티에 올라온 게시물 때문이었다. 사망한 노동자의 장례식장에 위로품으로 군만두가 전달됐다는 내용과 함께 군만두 박스를 들고 장례식장에 들어가는 직원들의 모습이 찍힌 사진이 첨부되어 있었다. 커뮤니티 회원들은 분개했다. 군만두를 생산하다가 죽은 사람한테 그 군만두를 보내다니, 이건 조롱이나 마찬가지였다. 이 게시물은 더 자극적인 말들이 덧붙여져서 인터넷 여기저기로 퍼져나갔다. 윤 작가는 더 이상 김 과장을 찾아갈 수 없었다. 왜냐하면 그 게시물을 올린 사람이 윤 작가였기 때문이었다. 윤 작가는 평소처럼 별거 아닌 일로 수다를 떤다고 올린 글이었는데 이렇게 될 줄은 몰랐다. 더구나 거긴 아이돌 덕후들의 커뮤니티였으니까.

사태는 수습하지 못했는데 주말은 맞이해 버린 김 과장은 샤인, 박 사장을 만났다. 윤 작가가 김 과장을 찾아온 날 박 사장에게도 누군가 찾아갔던 모양인지 그날 밤에 만나자는 연락을 해왔다. 주말에나 보자고 했던 것이, 그사이 사고가 나는 바람에 방송 출연 문제가 아니라 회사 문제로 만나는 꼴이 되어버렸다. 박 사장은 김 과장의 영업에 구워삶아진 사람 중 하나로, 이 회사의 가맹 점포를 운영하고 있었기 때문이다.

실제 불매운동은 영향력이 대단해서 박 사장네 가게 하루 매출이 백만 원이나 줄었다고 한다. 당장 지난달에 (본사에서 시킨) 핼러윈 이벤트를 진행한다고 쓴 돈들, 박 사장 말에 따르면 해골바가지 매다는 데 쓴 돈과 특별메뉴 사들인 돈을 지불할 수 없을 것 같다고 한다. 어찌저찌 그걸 낸다 치면 이젠 이번 달 지점장 사용료를 못 낼 수도 있다고 한다. 가맹점마다 의무적으로 본사에서 파견한 지점장을 둬야 하는데, 이 지점장 인건비를 다달이 본사에 지불해야 했다. 박 사장은 그걸 지점장 사용료라 불렀다.

"지점장 사용료라도 좀 줄여줘. 일요일 같은 때, 문 닫을게. 그럼 지점장 안 와도 되니까 좀 덜 내도 되잖아?"

"안 돼."

"내가 그냥 하는 소리 아닌 거 너도 알잖아."

"알지. 근데 회사에서 안 된대. 너 말고도 사장

님들 여러 명이 부탁했는데, 안 된대."

"망할!"

"지점장 사용료마저 못 걷으면, 회사가 버는 돈이 너무 없다고 안 된대."

"미친놈들. 뭐 때문에 벌어진 문제인지 아직도 모르는구만."

김 과장과 박 사장은 한참 동안 한숨과 욕설을 섞어 회사 욕을 하며 술을 들이켰다. 둘 다 꽤나 불쾌해졌을 때, 박 사장이 휴대폰을 꺼내 음악 스트리밍 어플로 SNS의 'November Love'를 틀었다. 김 과장은 지겨워서 술이 깨는 기분까지 들었는데 박 사장은 소리 높여 따라 불렀다.

"노벰버 럽

찰나 같지만 가장 진한 그때

그녀는 사라졌지만

노벰버 럽

붉은 나뭇잎 아쉬워 말아

사라지는 나뭇잎만큼 푸른 하늘 보일 테니"

둘이 술을 마실 때면 박 사장은 늘 마지막에 이 노래를 틀었다. 그것도 꼭 스트리밍으로. 윤 작가

프로그램의 사연자가 언급하기도 했던 SNS의 대표 곡인 'November Love'는 박 사장이, 샤인이 만든 노래였다. 박 사장은 이렇게 저작권료라도 벌어야 하지 않겠냐는 너스레를 떨며 노래를 이어갔다. 결국 방송에 출연할지, 안 할지에 대한 이야기는 입도 뻥긋 못하고 헤어졌다. 보통 박 사장이 이 노래를 부를 때쯤이면 이젠 아무것도 기억 못 할 상태이기 때문이다.

　　윤 작가의 듀얼모니터 한쪽은 예매 페이지가, 다른 한쪽은 서버 시간을 보여주는 페이지가 띄워져 있었다. 시간은 오후 1시 59분하고도 51초, 52초, 53초….

　"윤 작가, SNS 섭외는 취소하자."

　"망할!"

　윤 작가는 PD의 말엔 대답도 안 하고 좌절하며 책상에 엎드렸다. 그 머리 위로 예매 페이지가 띄워져 있던 모니터엔 잠시만 기다리라는 문구와 23200이란 숫자가 쓰여 있었다. 대기 순번이었다. 윤 작가는 과거 오빠들인 그룹G의 콘서트 티켓 예매에 도전하는 중이었다. 탈퇴한 멤버까지 합류해 오랜만에 완전체로 하는 콘서트라 치열할 것으로 예상됐지만, 정말 치열했다. 피 튀기는 티켓팅이라고 '피켓팅'이라더니 그 말이 딱 맞았다.

윤 작가에게 그룹G는 비교적 오래 좋아한 아이돌이었지만, 다섯 명 모두가 출연한 콘서트를 본 적은 없었다. 그들이 한참 활동하던 시기엔 윤 작가가 너무 어렸고, 겨우 중학생이 되어 허락을 얻었던 콘서트는 불미스러운 일로 인해 취소되었다. 그 이후엔 멤버 하나가 탈퇴하는 바람에 영영 보지 못했다. 그래서 윤 작가에게 있어서 이번 콘서트는 중요하고 간절했다.

"콘서트는 왜 취소됐어?"

"그때 제가 보러 간 게 희망 콘서트거든요?"

"오랜만에 듣네."

희망 콘서트라면 당대 활동 중인 아이돌들이 총출동하는 콘서트로 팬클럽들에는 어떤 응원대회 같은 느낌도 있었다.

"그즈음이면 SNS도 출연했을 거 같은데?"

"왜 아니에요. 나왔었죠."

윤 작가가 SNS의 출연을 반대할 정도로, 김 과장을 섭외해야 한다는 데에 화가 날 정도로 그들을 싫어하게 된 건 이 콘서트 때문이었다.

분명 콘서트는 저녁 7시에나 시작할 거였고, 팬클럽별로 앉을 자리도 정해져 있었지만, 윤 작가는 아침 일찍부터 공연장에 도착했다. 그럼에도 이미 많은 사람이 와있었다. 팬클럽을 상징하는 색의 우비를 입고, 좋아하는 멤버의 이름이 적힌 명찰을 달고, 직접 만든 플래카드를 들었다. 그들은 팬카페를 알리는 홍보물을 돌리기도 하고, 규모가 큰 팬카페는 커다란 현수막을 내걸기도 했다. 같은 소속사 가수의 팬들끼리 응원을 주고받았고 경쟁 소속사 가수의 팬들과는 눈을 흘겼다. 진부한 말이지만 열기가 뜨거운 현장이었다.

단연 최고의 인기를 구가하던 그룹G는 가장 마지막 순서였다. 그 앞엔 매주 방송 3사와 케이블의 음악방송까지 챙겨보던 윤 작가도 누군지 모르는 아이돌들이 있었다. 윤 작가는 무대와 얼마 멀지 않은 자리에 서서 풍선을 들고 참을성 있게 기다렸다. 콘서트가 중반을 넘어가고 다음 무대를 기다리는데 관객석 멀리서 비명이 들리더니 그 비명은 전염되어 점점 다가왔다. 뒷사람들이 짓누르는 무게도 조금씩 느껴졌다. 소리가 가까워져 올수록 그 무게는 더 강해졌다. 결국 윤 작가도 소리를 질렀다.

"밀지 마!"

"밀지 마!"

윤 작가는 밀려오는 뒷사람과 버티는 앞사람 사이에 끼어서 감각이 사라지고 있었다. 다리가 제자리에 달려 있나 싶었고, 숨이 막혀 죽겠다 싶었다. 그 사이 다음 무대가 시작됐다. SNS였다.

"노벰버 럽"

여기저기서 살려달라는 소리가 들렸다.

"노벰버 럽"

경호원들이 펜스를 밟고 올라타 밭에서 무 뽑듯이 사람들을 끄집어냈다.

"노벰버 럽"

SNS의 노래는 중간에 끊겼다. 그 이후 무대는 모두 취소되었다. 윤 작가를 포함하여 수많은 관객이 실망하고 갖은 욕과 고함을 내지르며 공연장을 빠져나가자, 바닥에 보라색 덩어리 하나가 놓여 있었다. 보라색 우비를 입고 보라색 운동화를 신고 보라색 풍선을 손에 쥔 채.

윤 작가는 편의점에 들렀다. 녹화를 일주일 앞두고 출연 가수를 바꾸려다 보니 할 일이 많아져서 야근을 해야 했다. PD가 아무래도 김 과장네 회사 사건이 걸렸는지, 다른 가수를 알아보자고 했던 것이다. 워낙에 SNS의 출연을 반대했던 윤 작가라 잘된 일인 것 같았지만, 생각나는 가수는 이미 다 출연을 했고, 아직 출연하지 않은 가수는 단단히 잊혀졌는지 생각나지 않았다. 곧 끝나겠지 싶던 일이 밤 10시가 되어서야 끝나는 바람에 너무나 배가 고파 요기 거리가 필요해졌다. 하지만 늦은 시간이라 매대가 거의 비어있었고, 남아 있는 건 대부분 김 과장네 회사의 상품이었다. 윤 작가는 딱히 불매운동에 동참할 생각은 아니었지만, 집어 들려니 괜히 눈치가 보였다. 망설이다가 하나 남아 있는 샌드위치를 골랐다. 하나 남아 있기도 했고 좋아하는 캐릭터가 그려진 처음 보는 패키지라 다른 회사 제품인 줄 알았다. 하지만 바코드를 찍자, 김 과장네 회사 이름이 화면에 떴다.

"엊그제부터 패키지가 바뀌었더라고요. 요즘 유행하는 캐릭터잖아요."

윤 작가가 당황한 것을 눈치챘는지 알바생이 말했다.

"처음엔 고작 포장지 하나로 덮으려 하다니 진짜 얄팍한 수라 생각했는데, 다들 이렇게 낚여서 사긴 사더라고요. 그냥 드세요. 피카츄가 무슨 잘못이 있겠어요."

문제의 근원은 해결하지 않은 채 예쁜 포장지로 덮어버렸다. 윤 작가는 어쩐지 슈가, 김 과장이 떠올랐다.

다음 날, 윤 작가는 김 과장네 회사로 출연 협조 공문을 보냈다. 시간은 없는데 대체할 누가 생각나는 건 아니고, 굳이 이 사태 때문에 SNS 출연을 고사할 이유가 뭐 있나 싶었기 때문이다.

"그냥 성실한 회사원인 김 과장과 본사의 만행으로 피해를 당한 소상공인 박 사장일 뿐이잖아요."

딱히 PD가 설득된 건 아니었지만, PD 자기도 시간은 없는데 대체할 누가 생각나는 건 아니라 일단 내버려 뒀다. 설마 이 시국에 회사가 반응할까, 싶기도 했던 건데 격한 반응이 돌아왔다. 윤 작가가 발송한 공문에 김 과장네 회사 간부들이 그가 아이돌 출신이란 걸 상기하게 되었고, 샤인이 가맹점주, 박 사장이라는 사실까지 알게 되었다. 그들에게 이 것은 기회였다. 그간 벌어진 사건을 '해결'할 수 있을 것 같았다. 이들 소시민의 삶을 강조하며 회사의 과오를 인정하는 듯하다가 어쨌든 그들은 우리 회사의 일원이라는 것으로 결론지어 여론 물타기를 하자고 했다. 못해도 이 두 사람 이야기로 회사 관련 뉴스들을 덮을 수는 있다는 거였다. 김 과장과 박 사장은 결국 출연을 결정, 결정 당하고 말았다.

"작가님은 저희 팬이셨군요?"

보라색 후드티를 입고 보라색 슬리퍼를 신고 보라색 담요를 덮은 윤 작가에게 박 사장이 물었다. 김 과장과 박 사장, 윤 작가는 다른 스텝들과 함께 방송국 예능 7팀 회의실에 모여 있었다. 윤 작가가 김 과장의 사무실에 처음 찾아간 날로부터 열흘만이었다. 김 과장의 맞은편에 앉은 윤 작가는 어쩐지 민망해서 어깨를 접고 고개를 푹 숙인 채 앉아 있었다. 더욱더 보라색 덩어리 같은 모습이었다.

"저희 풍선 색이 보라색이었잖아요. 풍선 아시죠? 그 시절 팬클럽들은 풍선을 들고 응원,"

"아니거든요?"

발끈한 윤 작가를 막으며 PD가 말했다.

"윤 작가는 아미에요."

분위기를 풀기 위해 PD는 과장되게 웃었다.

"그게 그렇게 웃으면서 할 말이에요?"

"아미요. 암이 아니라. 빌보드 1위 가수 슈가의 팬덤 이름. 아미."

윤 작가가 퉁명스럽게 대답했다. 잠깐의 정적 후에 PD가 입을 열었다.

"방송에 응해주셔서 감사합니다. 역주행해 봅시다! 다시 꿈을 찾아가 봅시다! 또 포기하실 건 아니죠?"

파이팅이 넘치는 PD 앞에선 별말 하지 않았지만, 김 과장은 기분이 좋지 않았다. 본인으로선 꿈을 찾아간 적도 없고, 꿈을 포기한 적도 없었다. 그저 살 방법을 찾았을 뿐이고 시간이 흘렀을 뿐이었다. 그런데도 주위 사람들은 곧잘 꿈을 찾아가서 멋있다는 둥, 꿈을 포기해서 실망했다는 둥 회사원으로서의 세월이 더 길고 성과가 두드러지는데도 불구하고 가수 생활을 중단했다는 데에서 꿈을 이루지 못한 실패자라고 멋대로 김 과장을 평가했다. 가수가 꿈이 아니진 않지만 꿈이 가수는 아닌데, 적어도 지금 김 과장이 이 프로그램에 출연하는 것은 꿈이 아닌데.

여전히 께름칙했다. 그들의 노래를 기억하지 못하면 어떡하나, 그들의 노래가 좋지 않다고 평가되면 어떡하나, 이런 걱정은 아니었고, 어쩌다 또 그들에게 책임이 지워졌을까 하는, 그런 찝찝함이었다. 꼭 15년 전이 생각났다. 당시엔 SNS, 그들 자신의 팬이 죽었다는 것에 모든 걸 당연히 받아들였다. 당연히 우리 팬이니까. 당연히 우리 때문에 죽었으니까. 무엇이 그들 때문인지 생각해 보자면, 우리를 안 좋아했다면 그 자리에 안 왔을 거였기 때문에 우리 때문에 죽었다고 했다. 그들도 그렇게 여기긴 했지만 신문 기사나 인터넷 리플도 모두 그렇게 말했다. SNS 때문이야, SNS가 책임져야 해.

　　진짜인지 아닌지도 알 수 없는 소문들이 퍼졌다. SNS가 이중 스케줄을 잡아서 자기 순서가 아닌데 앞당겨 등장했다. 소속사가 팬클럽이랑 사이가 안 좋아서 무대 순서에 대한 정보를 잘못 줬다. SNS가 원래 팬을 싫어했다. 팬들이 원래 싸가지가 없어서 다른 팬클럽이랑 자주 싸웠다. SNS도 다른 가수들이랑 사이가 좋지 않다. 어쨌든 SNS의 팬이 죽었다는 것은 진짜였기 때문에 SNS는 할 말이 없었다. 어느 방송사에서는 출연 정지를 당했고, 어느 방송사에서는 잡혀있던 스케줄이 모두 취소됐고, 새로운 음반은 팔리지 않았고, 라디오 방송들은 SNS의 곡을 틀지 않겠다는 성명을 내기도 했지만, 할 말이 없었다. 우리 팬은 어쩌다 죽었을까, 정말 우리 때문에 죽었을까 고민할 땐 모든 일이 덮어진 후였다.

　　"김 과장님."

　　회의가 끝나고 방송국을 나서는 김 과장을 윤 작가가 불러세웠다.

　　"저 어젯밤에 편의점에서 과장님네 샌드위치

사 먹었어요. 피카츄는 잘못이 없잖아요."

김 과장은 말이 없었다.

"저 그때 희망 콘서트에 있었어요."

김 과장이 놀란 얼굴을 했다.

"아, 과장님 보러 간 건 아니고, 그룹G 오빠들 보러 갔었어요. 진짜 찌부러져 죽는 줄 알았는데. 다시 그때로 돌아간다면 전 또 갈 거예요. 오빠들을 좋아하니까요. 오빠들은 잘못이 없잖아요."

"작가님 우리 팬 맞네!"

김 과장 옆에 서 있던 박 사장이 웃으며 대답했다.

녹화 날이 되었다. 관객들에게 SNS의 출연은 비밀이기 때문에 김 과장은 대기실에 숨어있다가 녹화가 시작된 후에 가림막 뒤로 몰래 숨어들었다. 세트 너머로 MC와 패널들의 농담이 들렸다. 조금 상기된 얼굴로 연신 웃고 있는 박 사장 옆에서 김 과장은 역시 괜히 온 것 같다고 생각하며 초조해하고 있었다. 그런 김 과장에게 윤 작가가 물었다.

"이렇게 싫어하면서 왜 출연한다고 하신 거예요?"

"인디언 말로 11월이 뭔지 아세요?"

"아뇨."

"모두 다 사라진 것은 아닌 달. 상처도 받고 아픔도 있겠지만, 전부 끝나는 건 아니거든요. 12월이 오잖아요."

그때 녹화장 전체에 그들의 노래 〈November Love〉가 울려 퍼졌다. 누구의 노래인지 알아차린 사람들이 버저를 누르는 소리가 하나, 둘씩 들리기 시작했다.

"노벰버 럽

찰나 같지만 가장 진한 그때

그녀는 사라졌지만

노벰버 럽

붉은 나뭇잎 아쉬워 말아

사라지는 나뭇잎만큼 푸른 하늘 보일 테니."

녹화는 즐거웠다. 노래를 부르는 것도, 출연진들과 활동 당시 추억을 나누는 것도, 후배 가수가 그들의 노래를 불러주는 모습을 지켜보는 것도 모두 즐거웠다. 김 과장 또한 언제 거절했었냐는 듯이

촬영 내내 꽤나 적극적인 모습이었다. 그렇다고 진정 즐거웠다는 것은 아니고, '눈물이 차올라서 고개를 들어 흐르지 못하게 또 살짝 웃어' 같은 마음이었으리라. 아니나 다를까, 뒤풀이 자리에선 역시 괜히 여기까지 온 것 같다고 생각하며 초조해하고 있었다.

"다행히 곡을 기억하는 관객들도 있었고, 처음 듣지만 듣기 좋다는 관객들도 많았습니다."

PD가 말했다.

"이 노래는 정말 들을 때마다 좋아요."

SNS의 노래를 재해석하여 불러준 후배 가수가 말을 보탰다. 아직 흥분을 가라앉히지 못한 박 사장이 이 말을 듣고 더 격앙되어 물었다.

"우리 노래를 알고 있었어?"

"그럼요. 엄마 차에서 듣던 노래예요."

'엄마 차'란 소리에 모두 다 웃음이 터졌다. 그들의 노래를 듣던 여학생들 대부분이 엄마가 되었을 거다.

"방송 나가면 다시 흥행할지도 몰라요. 그럼 제2의 전성기를 맞이하는 거죠! 섭외도 빗발치고 기사도 쏟아지고."

김 과장은 그게 과연 좋을까 싶었다. 적어도 회사는 좋겠지. 노래가 좋다고 주목받아도 좋고, 슈가와 샤인의 음악성이 훌륭하다고 주목받아도 좋을 테지만, 이딴 노래도 노래냐고 해도, 이런 놈들도 가수냐고 해도 좋았다. 아무렴 이젠 회사 이름 대신에 김 과장과 박 사장의 이름이 나올 테니 말이다. 어쨌든 그들이 이 회사의 직원이라는 것과 가맹점주라는 것은 진짜이기 때문에 할 말이 없었다. 왜 우리였을까 고민할 땐 그들은 다시 갈기갈기 찢겨 넝마가 되어 있겠지. 그 넝마로 모든 일을 덮은 후겠지.

자리가 무르익고 PD와 후배 가수 그리고 몇몇 작가들이 불콰해졌을 때 역시 한껏 취한 박 사장은 휴대폰을 꺼내 음악 스트리밍 어플로 SNS의 'November Love'를 틀었다. 하지만 노래를 따라 부르지 않고 서럽게 울었다.

"사실 괴롭습니다. 우리는 또 이렇게 이용당하고 잊혀지겠죠. 여러분이 그동안 우릴 잊고 있었던 것처럼요. 아마 그 애도 살아있었다면 아들을 학원에 데려다주는 차 안에서 우리 노랠 틀었을 거예요. 그런데 그 애는 죽었고, 우리는 해체했어요. 그렇다고 끝은 아니었습니다. 아직 남은 게 많더라고요. 남아 있는 이 친구를 가끔 만나야 했고요, 남아 있는 제 노래를 가끔 이렇게 들어줘야 했고요. 다 사라진 건 아니더라고요. 남아 있는 것들이 12월을 맞이하게 하더라고요. 그러니까 제가 오늘 이렇게 괴롭다고는 하지만, 아마 또 남은 것들이 다음을 만들 겁니다."

노벰버 럽
노벰버 럽

작가의 말

  학창 시절에 계획한 내 미래엔 성공과 성취만
있었으나, 30여 년을 살아본 결과 삶엔 정말 예상
치 못한 일들이 많이 일어났다. 꿈꾸고 노력했던 일
에 실패하는 것은 물론이고, 실패한 후에도 열심히
살아야 한다는 것과 일상 곳곳에 폭력들이 도사리
고 있다는 것, 그리고 생각보다 더 많은 이별을 겪
어야 한다는 것과 같은 일들. 내 인생 계획엔 전혀
없었던 일들이라 대비하지 못했고, 그때마다 힘들
고 어리둥절했다. 앞으로 30여 년은 또 얼마나 예
측 불가일지 몰라도 이게 '삶'이라는 것을 유쾌하게
이야기함으로써 공감을 얻고 위로를 주고 싶었다.

  우리는 장애인, 성소수자, 비만인과 같은 소수
자들의 결함에만 주의를 기울여 왔다. 그러나 우리

가 '결함'이라 일컫는 그것은 그 사람의 정체성이다. 우리가 이를 이해하고 나아가 제도적으로 '결함'을 제거하는 것이 아니라 '장점'을 서포트할 수 있게 되기를 바라는 마음으로 「비만은 병희다」를 창작하게 되었다.

'MZ'라는 말이 유행하고 있는 요즈음, 어떤 세대의 별칭이 조롱처럼 들릴 정도로 기성세대는 'MZ'들을 못마땅해 한다. 하지만 'MZ'들 역시 「오늘의 운세」속 화자의 과거처럼 매 순간 치열했고, 여러 '노오력'들을 해왔음을 이야기하여 오해를 풀고 싶었다.

사랑인 줄 알았는데 조금씩 나를 갉아먹고 있었던 '교제 폭력'은 사랑인 줄 알고 간과되기 일쑤다. 「나비키스」는 이처럼 상대가 죽지 않는다면 쉽게 끊어지지도 않는 두려운 관계에 대한 이야기이다. 사랑하는 사이에 더욱 서로를 존중하길 바라는 마음으로 썼다.

「수수료」는 학창 시절부터 절친했던 친구와 헤어지게 된 일을 계기로 쓰게 됐다. 현재의 감정으로 과거의 관계까지 부정하면 그 시절의 나도 함께 부정되는 일이라는 걸 깨달았다. 때문에 결과적으로 이별은 가슴이 아플지 몰라도 그 시절의 우리는 그때 그대로 좋았다는 것을 받아들여야 함을 전하고 싶었다.

지금의 나는 10년 전과 비교해 봐도 크게 달라진 게 없는 것처럼 느껴지는데 주위 친구들은 생애주기대로 성장해 엄마로서, 아빠로서, 직업인으로서 제 몫을 다 하고 사는 것 같았다. 하지만 어떤 기준에서는 내가 옳고, 어떤 기준에선 친구가 옳기도 했다. 성장기 아이의 발육 속도가 다르듯이 생애 단계도 속도가 다를 뿐이었던 것이다. 「캐서린의 속도」를 통해 각자의 다른 속도를 이야기하였다.

우리 대부분은 과거 어떤 꿈으로 반짝였으나, 지금은 그 꿈에 실패하고 그저 삶에 열심이다. 하지만 과거 꿈을 꾸던 나도 현재 삶에 충실한 나도 모두 '나'라는 것, 꿈의 무대가 끝났다고 해서 나의 무대가 끝난 것이 아니라는 것을 전하며 모두가 과거의 나도 유쾌하게 회상할 수 있기를 바라는 마음으로 「모두 다 사라진 것은 아닌 달」을 창작하였다.

초등학생 때, 글짓기 대회에 나간다는 내게 엄

마가 '너 글도 못 쓰면서'라고 해서 아, 나는 글을 못 쓰는구나, 라고 생각하며 그 후로 단 한 번도 글 쓰는 대회에 나가본 일이 없다. 그도 그럴 것이 당시 나는 한 달이 뭐야 한 해가 가도록 책 한 권 읽지 않았고, 독후감 숙제라도 생기면 위인전 맨 뒷장에 요약을 베껴 내던 아이였기 때문에 쉽게 수긍했다.

글을 쓰기는커녕 여전히 글을 잘 읽지도 않던 때, 새벽까지 연극 연습을 하고 기숙사로 돌아가는 길에 함께 걷던 동기 동생이 '언니는 나중에 나이 들면 조용한 데서 글 쓰고 지내고 있을 것 같다'라는 말을 한 적이 있다. 정말 뜬금없는 말이라 욕하는 거냐며 깔깔거렸지만, 왠지 그럴 수도 있겠다고 생각했다. 그 말 때문은 아니었지만 이내 나는 글쓰기 수업을 수강하고 신춘문예에 응모했다. 그 후로 무슨 형태로든 글을 쓰기 시작했는데, 잘 쓴 글인지, 좋은 글인지는 모르겠지만 계속 쓰게 되었다.

내게 글쓰기는 대나무 숲에서 '임금님 귀는 당나귀 귀'라고 소리치는 일과 같았다. 한없이 예민한 나는 세상에 불편한 것들이 많았고, 그것들을 백지에 쏟아내야 했다. 바람이 불어 이 글이 세상에 전해져 불편한 것들을 알아주길 바라는 마음이었다. 나는 지금도 크고 작은 불편들을 느끼고 있고 앞으로도 이것들을 글로 써내어 부스럼들을 계속 긁어내고 싶다. 처음 독립출판물을 내놓던 때의 마음처럼 어딘가에 내 이야기가 통하는 이가 있길 바라면서. 그리고 불과 몇 달 전, 회사 일에 힘들어하는 내게 엄마는 밥 먹여주고 재워 줄 테니까 집에 들어와 글 쓰라고 했다.

2024년 봄
전혜지

캐서린의 속도

초판 인쇄 2024년 7월 1일
초판 발행 2024년 7월 1일

지은이 전혜지
펴낸이 사공훈
편집 은현희
디자인 오늘
기획 김명준
지원 F83프로젝트
후원 2023 목포문학박람회
펴낸곳 주식회사 오티디코퍼레이션
출판등록 2023년 9월 19일 제2023-000092호
주소 서울특별시 용산구 대사관로34길 21 영풍빌딩 5층(한남동)
대표전화 070-8822-2412 | **전자우편** anb_publish@otdcorp.co.kr
ISBN 979-11-987913-1-3 (03810)